KB261972

치명적 그늘

안차애 시집

문학세계사

□ 시인의 말

이제 겨우 내 앞의 갈림길이 두렵지 않다

너희도 그랬으면 좋겠다

내 곁을 떠난 사람들이여
내 곁을 떠나는 시편들이여

난설헌의 말을 빌려
축원하며 청컨대

가라
가서 다시 돌아오지 마라

2013년 11월 안차애

2

3

1

분기점

나는 너무 많은 손금을 가졌다

바람이 물양지꽃과 보라엉겅퀴를 깊이 쓰다듬는
길목에서 가만히 핸들이 흔들리곤 한다

너의 몸 안에서도 제일 깊은 회오리바람 소리가 나는
지점을 짚어내어
번갈아 귀를 대보다 출렁! 운명선으로 스며들 듯
신갈에서 여주분기점으로
감곡 IC로 다릿재고개 나들목으로
외곽 순환로에서 39번 지방도로로 잔금진 계곡길로
핸들을 꺾을 때마다 감정선 부근이 출렁, 먼저 휘어
진다

스며드는 길의 묘미는 절묘한 타이밍에 있다
큰 길, 큰 금, 큰 이정표들을 미련 없이 제때 버려야
떠도는 우연이 필연이 된다
들쭉날쭉 선들이 제 가닥을 잡고 팽팽히 날아오른다

또, 새 분기점이다
너의 가장 빽빽한 소용돌이 속으로 출렁!
스며들어야 할 포인트다

떨리는 유혹이다

난폭한 잠

별들의 공전주기는 길어지고 생각의 패턴은 짧아진다
자꾸 잠이 난폭해진다
셔터가 내려지듯 내일이 오늘을 수렴하지 않는다
관계의 빅뱅 때문이다

물어 뜯기듯 사납게 잠이 든다
예령도 없이 앉아서 혹은 서서도 빠지는 잠
책을 보다가 술을 마시다 키스를 하다가도 빠져드는 잠,
별까지의 왕복거리가 멀어져서다
멀어지는 너와의 거리에 가위 눌린 탓이다

이제 내가 익힌 보폭으로는 네게 가 닿을 수 없다
밤 사이 더 멀어만 지는 별, 닿지 못할 종종걸음이
낯선 아침을 토해놓는다
난폭한 바람과 버스들을 풀어 놓는다
너의 공전주기에 맞춰졌던 심장의 박동주기가
자꾸 스텝을 놓쳐 부정맥이 심각하다

별들의 공전주기는 길어만 지고
너와의 만유인력 거리는 깜빡이며 점멸하는 사이
뭉텅뭉텅 물어뜯기는 잠
숭덩숭덩 썰려 나가는 하루
혼절한 꿈들이 하얗게 증발한다

세상의 길들 너머에 네가 있다

　　팔월의 백담사에 들러 스님들 공부행랑 문수방 툇마루에 누우니 오리무중 얽혀 있던 내 앞의 길들도 순하게 몸 부려 내 곁에 눕는다 구름이 작게 흐느끼며 동과 서로 비껴가는 길, 여름 개울물이 하화중생하러 떠나는 장도의 길, 푸른 나뭇잎 한 점 사선으로 떨어뜨리며 바람이 내는 역설의 길, 내 안에서 수백 년은 넘게 휘몰아치다 이제야 잠시 몸 부리는 메마른 그리움의 길, 길, 길들, 길은 길에 연하여 끝없으므로* 우리는 다시 만나지 못할 것이다 아니다 재와 기름 사이, 푸른 산빛과 우레 사이, 회자會者와 정리定離 사이, 묵은 당신과 새 그대 사이를 돌고 또 돌아 남은 눈물, 남은 한숨 다 비워내고 나면 그때 우리 세상 너머의 새 빛으로 환하게 손 마주 잡을 것이다 내가 나를, 네가 너를 온전히 버린 무념의 길, 그 끝에서

* 프루스트의 「가지 않은 길」 중에서 인용.

존재는 길 쪽으로 쏠려 있다

눈 쌓인 산 중턱에서 길을 잃었다
깊은 눈이 길을 덮고 앞서 간 발자국을 덮었다
내가 손때 묻힌 흔적이나 희미한 기억마저 덮어버렸다

스틱을 저어 나뭇잎 쌓인 곳을 찾는다
언젠가 동행한 산 친구가
나뭇잎 쌓인 켜가 두꺼운 곳이 길이랬는데
이제야 그 이유를 알았다

떨어져 내린 나뭇잎들도 외로웠던 것이다
갈길 몰라 난분분 떨어져 내리면서도
발걸음 낯익은 쪽으로, 발자국 포개진 쪽으로
몰려가고 싶었던 것이다

길 위에 몸을 누이고 비로소 길을 찾은 것이다
길 위에 몸을 포개어 마침내 길이 된 것이다

길 한 벌 짓다

통영시 산양읍 신전리 1426번지라고
내비게이션에 치고 토지문학관 가는 길

어눌한 속도로 길이 길을 짓는다
성긴 땀으로 길이 길을 낸다

한 굽이가 다른 굽이를 휘감아 돌고
한 모퉁이가 다른 모퉁이를 공글러가며 내는 길

산자락이 연옥색 바다를 안감으로 끌어넣거나
출렁 바다가 미륵산 그림자를
이중문양으로 수놓기도 하는 길
길들의 도련은 굽 돌 즈음에 늘 젖어 있다

어둡게 젖은 산굽이에선
멀미처럼 비린내가 피어오른다 피 냄새 짙어질수록
까치독사빛 줄글이 꼿꼿이 고개를 들고
생의 배후에서부터 사설 긴 감침질을 시작한다

땀 진 발끝은 반드시 피 밴 다음 자국을 끌고 오고

촘촘한 눈물빛 여백으로 길 한 벌, 짓는다
몇 생을 오가며 지어낸 육필원고인지
박음질 자국마다 오랜 침향이다

나는 진화의 산물이다

진화론의 시작은 물 속에서다
연어가 찾아가는 것도 결국 태초의 양수 냄새다
우울할 때 몸이 무겁거나 미열이 오를 때
사우나탕에라도 가서 물방울 안마기 속에 몸을 묻는다
둥글었던 것들의 회귀본능이다

물방울들은 알처럼 뽀글거리며
내내 무거웠던 관절들을 뚝뚝 떼어낸다
하방 경직성의 생각들도 가볍게 툭툭 던져 버린다
제대로 상한 오장육부를
꽈리처럼 까르륵 부풀려 마사지다

연골이나 세포 사이가 새 살 올라오듯 간지럽다
신생대 중생대를 아득히 역류하여
비로소 마찰 없는 유선형의 선캄브리아기다
내가 자궁 속의 알이었을 때의 빙글거리던 느낌?
내 자궁에 작은 알을 품고 있을 때의 울렁거리는 느낌?

알이었던 나와 알을 품었던 나
사이의 한 세상이 내 진화의 전모다
나의 아프락사스다

생필품

프랑스 생장에서 스페인 산티아고까지
800킬로 순례 길은 버려야 사는 길이다
마음의 짐이든 몸의 짐이든 버려야
어깨 패이지 않고 발톱 빠지지 않고
눈물에 탈수되지 않고, 마침내 걸어내는 길이다

한 이틀 걷고는 소설책 한 권과 안내책자를 버렸다
또 며칠 걷고는
소주 팩과 고추장 튜브를 다 먹어치웠다
반도 못 가 물 로션과 샴푸를 버렸다
여자와 향내를 버리고 나니
흰 길의 한숨소리나 새벽별의 기침소리가 간간 들렸다

배낭에 끝까지 남아 있었던 건
수건 두 개, 속옷 두 벌, 여벌 옷 한 벌과 침낭
물파스와 바셀린, 칫솔치약 세트였다 그리고
6포인트로 줄여 양면 출력한 시 한 묶음이 들어 있었다

냄새나고 구질구질한 시 300편,
내내 버리고 싶었지만 끝내 버리지 못했다
땀에 절고 햇살에 바래고 불면과 피로에 찌든 채
배낭 한 구석에 구겨져 징징거리고 있었다
생필품이었다

두한족열頭寒足熱

북해도 노보리베쓰 유황온천에서 노천욕을 한다

온천탕 물의 온도는 43도
눈 설설 쌓여 있는 노천 자작나무 숲은 영하 18도
61도의 차이로 바람을 부른다
팽팽하게 버티고 섰던 시간들이
제 오랜 관성을 버리고 글썽글썽 흐른다
난분분
흰 눈발을 따라 둥근 대류는 시작된다
처음인 듯 흐르는 눈물이 회전의 핵이다
별들의 운행방향으로 자작나무 가지들은 휘어져 있다
한 움큼 눈물의 나비효과가
푸른 밤의 밑바닥까지 자작자작 지피는 시간
움직임의 통로는 내 몸 안에 있었다
낮게 가라앉은 물길의 비등점을 올려주고
끓는 기억의 회로는 비스듬히 스위치를 내려준다
물방울들은 말랑하게 익어 눈빛 화엄으로 날아오르고
펄럭이던 불길은 제 입술을 단전에 묻고

긴 선정에 든다

오래 블랙홀에 갇혀 있던 기억들을 휘휘 불러내는 밤
사탕가루 같은 눈바람이 둥근 오로라로 일어선다

명왕성을 보내며

명왕성이 태양계에서 떨어져 나갔다
잘 가라
그리고 이해해 주렴
요즘 대세는 우주 팽창론이란다
수성 금성 지구 화성 목성 토성 천왕성 해왕성 명왕성
자연시간에서 과학시간, 천문학 강의에 이르도록
한 세트 한 두름으로 묶어 외우던 태양계의 별들,
한 계보이거나 한 가족이라는
무겁고도 단단한 고리가 툭 끊어졌다
예고도 없이 후드득, 툭 툭 끊어져 나가던,
세상의 모든 관계는 별무리 같은 것이었다
순식간에 광년 속으로 약속도 없이 흩어지는,
빅뱅이론이라니
한 폭의 이별 풍속도였다
까딱 한순간에 손 영영 놓쳐버린 것들의 심중,
그 깜깜한 슬픔이 우주를 넓힌 것이다
그 절멸의 결핍이 와 와
혼절하도록 온 우주에 번지고 또 번져서

우주 팽창론이다

그래도 너, 기억해 두렴
너는 앞으로도 내 가슴 별자리 지도의 중심좌란다

그리운 몇 컷

61년만의 부분 일식,
화려한 우주 쇼가 시작되었다

인화된 구식 필름 몇 장 포개서
날카로운 해의 가시들, 의뭉한 살비듬들 살짝 발라내고
그들의 은밀한 정사 신을 정면으로 바라본다
세상에!
적나라하게 몸이 섞였다

풍문으로야 발칙한 달이 해를 먹었다고 야단이었지만
천만에, 내 눈으로 확인한 바로는
해가 제 붉은 옷섶을 열고, 썸뻑
한걸음에 내처 그 서늘한 핵의 중심으로 들어갔다
그예 새빨간 손톱자국만 남았다

2시간 36분 간
까무룩하게 길고 또 한숨처럼 짧은
블랙홀 빛 깜깜한 사랑 몇 컷,

환한 백주 대낮에 일어난 일이었다

61억 광년만에 잠시 서로에게 뛰어들듯 만난 우리들
생의 오르가슴 몇 컷이 검게 인화되어 있었다

누들 로드

L마트 한편에서 늦은 점심으로 잔치국수를 먹는다
채 썬 김치, 송송 썬 파에 유부조각과 김 가루까지
이천 원짜리 국수 고명이 제법인데,
노란 양푼째 들고 한 모금 마신 국물, 뜨겁다
울컥, 내 안으로 굽은 길이 난다
밖은 삼한사온도 없는 삼엄한 월동길이다
온종일 가파른 길모퉁이에서 만난 것은
전세금 인상과 은행대출 불가 표지판뿐이다.
시안 둔황 파미르 카슈가르……
세상에서 제일 어여쁜 이름의 길, 실크로드는
알고 보니 누들 로드였다
가도 가도 막막한 목숨 길이었다
눈물가락 같은 나긋함이어서 꺾이지 않고
천산북로의 거친 기류를 뚫었던 것이다
고비사막의 모래바람을 가로질렀던 것이다
파미르 고원보다 높고 시린 삼동三冬 속으로
내내 뚜벅 걸었던 것이다
발바닥에 퉁퉁 불은 길들을 끝도 없이 새겼던 것이다

비빌 언덕, 구狗

　　언덕이라는 말은 산과 평평한 바닥 사이 뼈 무른 구릉이나 둔덕을 말하는 것이어서 기대고 싶은 품 같은 곳이라지만 오늘에야 언제까지라도 비비고픈 언덕 하나 만났다 편하게 말랑한, 그래도 남은 뼈대는 든든해서 바람막이 병풍도 되어주고 무거워진 그림자나 마음도 편하게 걸쳐두는 언덕, 내가 2호선 지하철을 타고 역삼역에서 홍대 앞을 가는 사이, 그 언덕은 방배역에서 합정까지 좁은 지하철 의자 밑, 주인인 맹인 아가씨의 두 다리 사이에 바짝 제 몸피를 줄이고 있다 구체 투지쯤은 되게 가슴, 주둥이, 두 귀까지 납작하게 바닥에 붙이고 세상에서 제일 낮은 언덕으로 엎드려 있다 오래 참고 기다리다 마음 바짝 졸여진 것들만 낼 수 있는 검은 눈빛은 방둑 너머 못물 빛보다 깊어서 언덕의 푸른 기운은 더없이 유순하고 먹먹해졌다 천천히 멀어지는 뒷모습은 반야 언덕에까지 이를 남실 돛배 같았다

마녀사냥을 반성함

샤갈의 그림 속 고양이들은
성당 꼭대기로
거기,
첨탑 뾰족 창가로 날아가는 신부의 옆구리로 날아올
라서
고요하고 평화롭게 눈을 감아요

날고 싶은 고양이들은
열 마리가 울어도 혼자 울어요
백 마리가 서성여도 혼자 울어요
큰 소리로 웃어도, 혼자 울어요
오래 잠자거나 중얼거리다 혼자 울어요
눈을 크게 뜨고 있어도 꿈꾸며 울어요
지나치게 예뻐서 혼자 울어요
세상이 가려워서 혼자 울어요
가장 서늘하게 뛰어내릴 줄 알아서
가장 높이 날아오르는 꿈을 가져서
제 울음을 견딜 수 없어서

때때로 혼자 울어요

호동그란 제 눈알 속으로 제 울음을 다 몰아넣으면
둥근 기구처럼 방긋
지붕 위로 떠오를 거예요
울음이 출렁출렁 부력의 날개가 되어서

천수천안 스마트 폰

이제야 나는 면벽하지 않고도
천 개의 눈과 천 개의 손을 가졌다

지문이 동심원처럼 퍼지는 부근에서
탐스러운 애플들은 끝없이 피어난다
4D 연속무늬 단청빛 꽃밭이다
내가 쉴새없이 손을 떨며 접신한 덕분이거나
천 개의 겹눈이 생기도록 화면의 경계를 열고
또 연 공덕이다

손바닥 안에 법당을 차리고
철야정진은 밤마다 무르익어서
뻗어나간 천 개의 덩굴손이 천 개의 나를 나른다
돋아난 천 개의 눈알마다 붉은 눈부처가 소리 없이
금붕어처럼 와글거리며 선문답이다

천길만길, 세상길의 끝에서 윈도우
창 하나만 쪽 달처럼 걸려 있다

창 안에는 비로소 내가 없고
나 닮은 그림자도 흔적 없어
오래고 긴 성불成佛이다

연緣
— 정면의 사랑

강가 풀섶에 거미 한 쌍이 산다
집이 곧 일용할 옷이거나 밥이니
따로 집 한 채씩 짓고 산다
억새 키 가지런한 곳에 촘촘하게 정면으로 마주보는
정조준 위치의 집
만 햇살 환시리의 투명한 응시다
사랑은 은근슬쩍 시선을 눙치며
같은 곳을 바라보는 것이 아니다
한 발 비껴갈 곳 없이 정면으로 마주보는,
바람도 숨을 죽이는 눈물겨운 집중이다
몸 부비며 치대지는 않는다
은근슬쩍 등짝에 올라타 무임승차하지도 않는다
철저한 독립채산제의 사랑방식이
투명 줄로 한 번 그네 뛰면 그대 있는 곳까지,
먼 바다를 사뿐히 건너게도 한다
마침내,
안정된 대국對局 자세로
천 년은 버틸 듯한 고요한 몰입!

햇살도 바람도 그 부근에선 가만히 선정에 든다

그리움 한 채 복원하다

여주 북내면 고달사 천칠백여 평 폐사지엔
빈 땅 가득 풀꽃들과 혜목산 산바람 세상이다
어디선가 틀어놓은
천수경 소리만 공감각의 망치질을 한다
경소리가 지신 밟듯 자근자근 땅을 다진다
시간의 주춧돌을 놓는다
가만한 읊조림이 몇 생의 기둥을 세운다
기억의 서까래 몇 두런두런 걸쳐지고
정한의 탑신이 부서진 돌 거북 옆에 시립한다
지천으로 핀 흰 수국이 문살로 새겨지고
혜목산 여름 뻐꾸기 울음이 풍경소리로 걸린다
사랑을 잃고서야 눈물은 반짝여 사리로 구른다
온전히 헐리고서야
찰랑찰랑 되채워지는 마음 한 채를 본다
가장 가난하게 비워진 곳에서라야
비원이 그리움의 주춧돌을 놓는다
비손이 간절함의 서까래를 얹는다
하안거 전에 그리움 한 채 다 지어져서 다행이다

압화

아직 상처에서 피냄새가 나는 사람은
사월의 화본역엘 가야 한다
꼭 꼭 입 잠그고 고요히 박힌 철길 따라 걸으며
이제 그만 상처의 지퍼, 길게 잠가야 한다
또박또박 밀어올린 눈물은
휘어지는 철길 소실점 밖으로 훔쳐내야 한다
그리고도 남은 피냄새는
외로움으로 빨리 피는 철길 가 야윈 꽃다지 따라
올올이 흔들리며 흩어내어야 한다
내내 마음 시린 것들은 사월 햇살에도 오금이 저려
톡 쏘는 바람에도 여윈 살 뜯긴다
피어나면서 지레 말라버린
바람에 눌리면서
오소소한 소름같이 피어난 연노랑 점묘,
물기 핏기 지워낸 것이
꽃의 본색이라 전해주는 화본역에서
상처는 잘 마른 꽃으로도 핀다

저어서 간다

여름 해거름에 우포늪에 가면
얼굴의 팔할이 부리인 저어새를 만난다
밥맛 쨍쨍하고 싱그러운 철에만 찾아오는 새
온몸이 고봉밥같이 하얀 새
전 세계에서 천 마리도 안 되는 희귀종,
천연기념물 205호라는 닉네임보다
박물관의 큰 숟가락만한 부리로 존재하는 Spoonbill
저어새는
밥이 하늘이고 종교임을 몸으로 먼저 아는 것이다
눈으로도 발톱으로도 속도로도
하늘인 밥을 구해서는 안 되는 것을 안다
잔머리로도 힘으로도 눈속임으로도
종교인 밥을 빌어서는 안 되는 걸 안다
가장 근원적인 삶의 그릇, 정직하고 큼직한 부리로
물 속을 '저어' '저어' 한 생을 건너간다
노 저어서, 배 저어서, 밥 저어서
'저어' 서 반야언덕까지
'저어' 서 빛살둔덕까지

간다
가야 한다

바비*의 스토리텔링

신생대 후기 지층에서 가장 많이 발견되었다고 해서
나를 화석이라고 생각하지 말아주세요
삼엽충이나 시조새 암모나이트나 은행나무처럼
동위원소 분석의 잣대를 대지는 말아주세요
38, 18, 34인치 볼륨의 욕망에서
나를 리시버해주면 고맙지요
신생대 후기, 데몬기보다 더 짧았던
자본주의 표본화석으로는
흔적만 남은 끈 원피스나
해진 가죽 손잡이에 새겨진 암호명을 푸는 게 낫죠
나는 늙지 않는 아이콘,
금발과 푸른 눈
빨간 손톱으로 그려내는 익명의 시간이거나
잘록한 허리와 긴 팔다리
짙은 아이라인이 연방 흘러내리는 기형의 실루엣
원본 화석은 사라지고
아바타만 남겨지는 전화위복의 시기는 아름다웠죠
지구를 일곱 바퀴 반을 돌고도 남을

우리들은 워킹 또 워킹
욕망의 주문이 뱀의 혓바닥보다 길어지는 동안의
일이었어요
내가 여배우보다 더 여배우가 되는 동안
대통령보다 더 완벽한 대통령이 되는 동안
100벌의 명품 옷을 갈아입는 동안
100가지의 체리빛 꿈을 꾸는 동안
세상은 회복불능의 암세포를 불러나갔죠
성형과 비만 소비와 성욕의
세포분열은 빠르고도 집요해 멈출 수가 없었죠
나를 화석이라고는 부르지는 마세요
나는 나긋한 욕망의 아이콘
마음이 가난한 그녀가 간절한 숨을 불어넣어 피워낸
꽃 같은 아바타
만인의 만인에 대한 투쟁보다 무서운 게
자신의 자신에 의한 부정이란 걸
머리카락이 흘러내리는 동안 알게는 되었죠
이리 와요

내 입술의 흙을 털어주어요
방부제보다 진하던
우리의 욕망 코드를 다시 한 번 또박또박 읽어주세요

＊ 바비인형 : 만들어진 인형을 한 줄로 세우면 지구를 일곱 바퀴
　반을 돌고도 남는다고 함.

2

총량 불변의 법칙

감자꽃이 피는 철에는 감자순을 꺾어주어야 수확이
좋다 꽃이 요요하고 성성해지는 시간, 새 순 내고 새 꽃
망울 터뜨리느라 흙 속 감자알 덜 여무는 것이다 제일
말랑하고 어여쁜 꽃순부터 꺾어낸다 차마 바로 보지 못
하고 슬그머니 손 내밀어 여릿하고 달콤한 새 관계의 순
을 툭툭 잘라낸다 내가 너에게, 네가 나에게 언젠가 한
짓이었다 생활이라는 이름으로 내가 너의 곁순을 몰래
꺾어냈다 사랑이라는 당위로 네가 나의 속순 몇 개를 살
짝 잘라냈다 우주적인 그리움의 엔탈피를 맞추기 위해
우리의 가장 중심순 하나가 꺾어졌다 꺾어낸 가지끝에
선 벌써 너댓 개의 새 순이 비명처럼 솟아올라 그리움의
총량이 맞추어지고 있다

독毒 광합성

치욕이 키운 꽃을 보고 있다
슬픔이 키운 잎을 보고 있다
상처가 맹독의 젖을 먹여 키운 뿌리를 보고 있다
냉정한 바람이 온종일 불어와
가지마다 얼음 서걱 베어 문 야윈 그림자를 보고 있다
슬픔 한 분자, 치욕 두 분자쯤의 광합성으로
물관과 체관 가득
눈물의 수액만 도는 나무를 보고 있다
한숨의 흔들의자에 앉아
온몸이 야위어가는 나무를 보고 있다
그리하여 씨방마다
울음보다 질긴 독기만 꼭꼭 채워
살아서 천 년 죽어서 천 년
온통 붉기만 한 나무 한 그루

마음의 심지로 키우고 있다

주정뱅이 꽃

한 생의 진창 없이 저런 빛이 몸에 밸 리 없다
혼이 빠져나갔던 격절 없이 저런 무심태가 날 리 없다

취기 막 빠져나간 여운으로 피워 올린 궁남지 연꽃,
지어낸 얼굴빛이 아니다 외로움마저 놓아버린 얼굴
색기色氣마저 지워버린 몸짓이 홀림이다

진흙밭에 질금질금 처박힌 밤,
소주에 질척질척 절었던 생,
취기가 끓을 때마다 무덤 하나씩 토해놓는다

심청이의 무덤이었던 연꽃
꽃들의 취기였던 진창
끝탕 빛은 끝내 아득해서 고요보다 멀다

나고 죽고, 죽고 나도
무심천 건너고 삼십삼천 오르내리기 몇 무량 겁
눈 뜰 때마다 낯선 이승이다

앉은자리가 온통 점액성 화두다

취기 또 깜빡 벗어나며
한 무덤이 말갛게 피어나고 있다
막 성불 중이다

식물들의 해례본

감자 당근 양파 피망 등을 깍둑 썰어
야채카레를 만든다.
작은 부엌에선 향기보다 소리가 먼저 자욱하다

경쾌한 'ㅅ' 소리, 무뚝뚝한 'ㄱ과 ㅋ' 소리,
둔탁한 'ㄷ과 ㅌ' 소리
떨리듯 가벼운 'ㅇ' 소리까지
제각각의 무르고 단단한 근본 따라
굽고 휜 곡절 따라 소리들 환하게 피어난다.

맛은 소리의 총체였다
멋이 색깔들의 집합이듯이

빗소리 이슬소리 안개소리, 젖은 것들 잔뿌리에 스며
드는 소리, 둥근 물관을 타고 오르는 소리, 콜록콜록 젖
사레 만나 잔가지 떨며 재채기하는 소리들이 아삭거리
는 단맛의 정체다

새소리 바람소리 지렁이 오줌 지리는 소리, 비탈밭에
구르는 돌멩이 툴툴대는 소리, 먼 데 개 짖는 소리에 놀
라 깜짝 새벽이 오는 소리들이 새콤한 신맛의 비밀이다

삽날이 마른 흙덩이에 부딪히는 소리, 예고도 없이 쾅
쾅대는 여름 천둥소리, 위뜸 맹이아짐 밭 매며 미운 서
방 욕하는 소리, 때이른 서리 바삭거리며 급히 어는 소
리, 소리들이 쌉싸래한 맛의 내력이다

‘관세음’ 한 가지 소리로 모아지는 염불처럼
소리들 가만가만 잦아진다
초성을 중성에 묻고 헛소리를 입술소리에 묻는
저녁 시간
식물들의 제자해題字解는 은근히 경계를 넘나든다

이 저녁 제의에 회향하려고
온갖 맛을 돌아 돌아 여기에 왔다
내 총체적 소리 한 접시 너에게 공양 올린다

붉은 염주

올해 텃밭 농사로는 고추가 환상이었다
여름내 된장에 생으로 찍어먹고,
삼겹살 위에 고명으로 얹어 먹고
숨구멍을 내어 초절임 항아리를 가득 채우고도 남아
고슬고슬 잘 말려 태양초 몇 줌 보태기로 한다

무명실에 시침바늘로 꾹꾹 꿰어
베란다에 몇 줄 걸고 보니
성성한 기골과 환한 물색을 바짝 줄일 일이 난감하다
결국 물기와의 전쟁인 것이다
선연한 색을 버리는 것은
일렁이는 기억들을 걷어내는 것이다
울퉁불퉁거리는 근육질을 들어낸다는 것은
줄어들지 않는 욕심들을 지워내는 일이다

부패는 언제나 무른 내부에서 온다
쉽게 부풀어 오르는 몸을
왕소금빛 햇살에 깊이 절여야 한다

자주 일렁이는 물 기운은
칼칼한 가을바람에 털어내야 한다

한 보름 햇살 염장, 바람 풍장 되고 나면
남은 몸에 각이 잡힐 것이다
눅고 깔아졌던 몸이 다시 뼈로 일어서면
붉은 빛은 색을 넘고,
매운 내는 향을 넘을 것이다

붉은 염주,
밍밍한 맛이거나 심심한 생生에
보석처럼 알알이 박힐 것이다

전쟁과 평화

"저건 돌탑이 무너지지 않게 나무가 제 속을 비워 품어내는 거야!" "천만에, 제 불구와 기형의 속내를 돌탑으로 채워 무섭도록 길게 사는 거지!" 앙코르와트 사원 관광은 남편과의 입씨름으로부터 시작했다 바푸온 사원 뜰에 선 나무 한 그루를 보면서부터였다 3m는 넘을 석탑 하나가 온통 드러난 나무의 뿌리 밑에서 거대한 원뿌리가 되어가고 있었다 나무의 뿌리를 위로 치받아 둥치 속까지 둥글게 파먹고 있었다 나무가 아니라 마치 석탑이 자라는 것 같았다 남편은 나무가 천년 돌탑을 안 무너지게 친친 싸안고 있다고 감동의 서터를 눌러댄다 나는 연신 도리질을 치며 제 허약한 중심을 돌탑으로 채워 허리살 탱탱해진 나무의 이기심이 가혹하다 눈을 흘긴다 그것은 사랑일까, 파먹기와 펴먹이기가 짬뽕으로 뒤섞이고 눈맞추기와 눈치보기가 엇박자로 절름거리고 등골파기와 기름짜기가 시작도 끝도 없는 도미노를 불러오는 우리는 사랑일까, 무용한 물음이 지루하게 피고 지는 사이 천년 나무 잎새의 그늘이 한 뼘 더 깊어간다 부채살처럼 팽팽해진다

바닥을 보았다

묵은 텃밭에 푸성귀 씨앗을 넣기로 한다
잦은 비와 무성한 잡초에 밭꼴이 허물어진 지 한참이다
경계가 흐려졌던 고랑에 깊게 삽을 꽂는다
딱딱한 슬픔의 관절을 밀어내며 흙더미가 뒤집어진다
한 몸인 그늘이, 동전의 한 면이었던 어둠이
앞쪽으로 확 쏠린다
흙의 거칠고 붉은 속내가 드러난다
나뒹구는 땅강아지, 토막난 지렁이,
옴팡 허물어진 개미집,
한 삽
안쪽은 무섭게 싱그러운 야생이다
오래 지그시 눌러졌으므로 밑 심 단단해진,
바닥의 시간들이 빛나는 알몸으로 누워 있다
골은 골답게 랑은 랑답게
일순 밭의 윤곽이 또렷이 살아난다
가만히 첫눈을 뜨는
오랜 바닥을, 어둠을, 물기를
살살 버무려
둥근 씨앗 몇 줌 챙겨 넣을 것이다

트라우마
─ 기억의 습곡

시간의 주름 사이에 갇힌 아이는
내내 뫼비우스의 길을 맴맴 맴돌기만 하지

엄마가 나를 버렸어
아빠가 엄마를 때렸어
언니가 나를 밀었어
검은 밤이 부엉이를 울렸어

강물이 핏물로 도치되어 흐르거나
구름이 장막으로 환류되어 가로막지
보내지 못한 말들이 겹겹 메아리로 되돌아오고
못 흘린 눈물이 기억의 제방을 밀어대고 있어

내내 팽창되고 있어
차오르고 있어
라면 가락처럼 부풀어 오르고 있어
노란 양은 냄비 속……
계절이 구름처럼 곪아가고 있어

버리지도 마 짜지도 마
훑어내거나 밀어내지도 마
빵빵한 눈물은 따뜻한 욕조처럼 편안해
수상한 그림자놀이는 퍼즐처럼 즐거워
입구는 봉쇄되어 있으므로
뭉개진 길들은 매몰된 지층처럼 끈끈하고 아늑해

꼭꼭 숨어라, 머리카락 보일라

초록 잔혹사

생채나 하려고 자루에 든 월동 무 두어 개를 꺼냈다
어느새 비죽이 무 머리께로 비집고 나온
서너 가닥 초록 싹
낭패다
난감에 색이 있다면 저 징그러운 초록이다

저 색 밀어올리고 나면
무도 양파도 감자도 여자도
속이 온통 다 둘러빠지는 걸,
내가 엄마의 속을 파먹고
엄마가 엄마의 엄마 속을 빼먹고
엄마의 엄마가 또 그 엄마의 등골을 내려앉힌 힘으로
해마다 봄은 온다

연초록이 초록이 될 때까지
초록이 진초록이 될 때까지
진초록이 지친 초록이 될 때까지
먹고 또 먹어 계절을 굴린다

초록이파리들이 촘촘한 그물맥을 가진 것도
초록의 먹이그물에 대한 환유다
세상에서 제일 무서운 손아귀, 초록초록 움켜잡는 저
힘
집요하게 빨아대는 아귀 같은 초록 입, 초록 잎
세상의 단물을 다 빨아들인다

거멓게 구멍난 가슴만 남은 자들이 밀어 올리는
저 환장할 색, 초록
잔혹하다

상처는 힘이 세다

괴산 외사리 산막이 옛길 호숫가에서
신갈나무 연리지를 보았다
두 나무가 키 중간 둥치쯤에서 하나로 붙어 있다
오른 나무의 옆구리께와 왼 나무의 어깻죽지께가
제각각의 상처를 중심으로 한 몸이 되어 있다

깊게 헐은 옆구리의 비명소리 들린다
꺾인 어깻죽지의 피멍과 핏자국이 보인다
이 옆구리께서 저 어깨 쪽으로
푸른 수액 링거 한 통 가만히 밀어 올려주는
몸짓이 간절하다
저 어깨를 반쯤 허물어
이 옆구리의 패인 살로 채워지는 시간이 옹이로 박혔다

물관과 체관이, 호흡과 한숨이, 탄식과 흐느낌이
가만히 오고 가고 또 가고 오고
이윽고 한 뿌리가 다른 뿌리의 잔등이 되고
한 슬픔이 다른 슬픔의 배후가 되고

눈물이 눈물에 포개어 서는 기미가 고요보다 깊다
당신과 나
두 개의 나이테가 상처의 경계에서부터
천천히 지워진다

치명적 그늘

이용백 화백의 그림 '엔젤 솔저'를 본다
그림 속의 꽃들은 유난히 생기 있게 반짝인다
그 꽃들이 시들지 않는 이유는 치명적 그늘 때문이다
꽃 밑이거나 꽃 사이의 여백에
묵직한 무기를 감추고 있기 때문이다
통꽃이거나 겹꽃이거나 자잘한 톱니모양 꽃이거나
혼자 피었거나
와글와글 무리지어 피었거나 이미 툭 꺾였거나
모든 꽃들 사이엔 보이지 않는 총구가 있다
때로 외연이 내포를
꽃받침처럼 받쳐주기도 하는 모양이다
꺾인 꽃과 내려앉는 꽃 사이, 시들거나 마르는 꽃 사이
발작적인 난분분과 붉은 웃음소리 사이의
음험한 그늘에
검은 무기가 숨겨져 있다
때로 시니피에와 시니피앙이
한 잎에 세 살기도 하는 모양이다
점점이 박힌 반전이 있어 꽃빛은 요요하고 향내는 깊다

짐승처럼 뜨거운 숨소리를 내는 검은 입들
돌아서기엔 너무 늦어서 다행이다
삶이 일회적이어서 너무 섹시하다

기억의 지층

백 년 만에 한 번 피어도 꽃이라고 불러야 한다
'행운목'이 아니라 '행운화'다
하얗게 진저리치는 행운,
맹목의 꽃향기가 코티 분곽 속보다 진하다

꽉 눌린 향기가 똬리를 틀듯
집안 구석구석 공기의 밀도를 바짝 틀어쥐고 있다
바짝 날선 시간의 내압을 증류시키다가
마침내 온통 범람이다

먼저 간 사람의 이부자리를 갈무리할 때
그의 옷장을 열어
남은 체취와 시간을 캄캄하게 가라앉힐 때
훅 끼얹던 마지막 훈김
앞뒤의 시간을 툭툭 끊어내고 소용돌이친다

빈 곳 없이 빽빽하게 무너지는 것은
부패할 겨를도 없는 것이다

향기,
화석으로 고스란히 박히는 것이다

기억의 한 지층을
영영 환하게 또 캄캄하게 밝히는 것이다

눈물거름 농법

늦은 해거름,
산 밑 밭에 혼자 앉아 배추 모종을 냅니다
젖은 흙빛도 해거름 남은 빛도 순식간에 짙어지고
마른침 넘어가는 소리까지 내가 다시 듣는 고요입니다

올록볼록한 플라스틱 통에
모닥모닥 붙어 있던 배추모종들
휑하게 넓은 고랑에 뚝뚝 띄엄띄엄 부려지며
울먹울먹 적막해집니다
성큼성큼 내려덮이는 어스름 그늘의 무게에 가위눌려
곁손도 없는 작은 잎 바르르 떱니다

푸름푸름 다 비칠 것 같은 여린 속이
까맣게 받아지고 잦아지는 저릿한 심사
목울대에 아프게 걸리는 낯익은 설움
호미 등으로 툭툭 풀어내어 북으로 돋워줍니다

이승의 반을 돌아도

해거름 산 밑 밭을 혼자 매만지는 빈 적요,
울먹한 그 마음 불러와 다독다독 자장가 불러줍니다
눈물이 제일 큰 거름이라고 혼자 고개도 끄덕여 줍니다

난 보라색이 좋다

도라지꽃아
넌 왜 추억 깨문 아픈 보랏빛이야?

솔체꽃아
넌 왜 글썽 애틋한 여린 보랏빛이야?

용담꽃아
넌 왜 물기 출렁이는 눈물 보랏빛이야?

패랭이꽃아
넌 왜 홀로 씩씩한 명랑 보랏빛이야?

버들잎 엉겅퀴야
넌 왜 올올이 생각 흩어지는 사념 보랏빛이야?

닉네임 보라씨,
당신은 왜 우리 족보도 아니면서
우울 애틋 글썽 홀로인 표정을 액세서리로 달고 다니

시나요?
　욕심껏 다 섞으면
　검회색빛 무채색으로 보이는 건 아시나요

촘촘한 향기

쉽게 물러지지 않는 향이다
마음 지그시 눌러두었던 것들이 몸 깨우는 냄새다
바구니 가득 이파리보다 향이 먼저 차오르는
깻잎을 따면서 한 철이 들깨빛으로 여물어가는 것 본다

텃밭 가득 일렁이던 꽃상추 치커리 청경채 쑥갓……
레이스 치맛자락 풍성한 것들
이파리 물기 통통하던 것들은
여름 넘기며 다 허물어졌다
폭우에 쓸리고 폭염에 녹아나고 폭풍에 허리 꺾였다

어지러운 몸 추슬러지는 체취다
들깻잎, 낮은 곳부터 채워지는 향기가 지켜낸 것은
촘촘한 그물맥의 심지였다
중복 햇살도 사나운 빗방울도 탁탁 털어내는
기름기 없는 초록 손바닥들이었다
휘몰아 후려쳐도 내리쬐어도 다시 몸 세우는
반골의 야윈 등줄기였다

마음에 들뜬 신열이나 웃거품 끼인 날엔
자욱한 향 넘치도록 들깻잎 훑으면서
정신이 몸을 간절히 부축하는 꼿꼿한 향내
켜켜에 방부제로 넣으면서

족두리꽃 화관花冠

K농장 박 노인은 올해도 농장 울타리며 언덕배기에
총총히 족두리꽃 모종을 심었다 봄내 모종내고 북주고
호미질을 일삼더니 이제는 키 자라는 족족 정강이께 허
리께에 든든한 지주 세우기가 한창이다 거뭇거뭇 검버
섯 핀 박 노인의 손등에 울퉁불퉁 힘줄이 살아난다 햇살
바른 양지쪽에는 연방 열여섯 새색시 머리 위에 나가 앉
을 듯한 연보라 꽃송이 소담하게도 피어난다 연연세세
박 노인 머리털은 파뿌리로 성성해지고 족두리꽃 고운
태는 갈수록 요요해진다 그에게도 푸른 재 한 무더기로
풀썩 내려앉은 새색시 한 그루 있었던 것일까 그 색시
해마다 그의 심중에서 자라나 매운 눈물의 꽃과 씨앗을
겨웁도록 맺는 것일까 앙상한 손등에도 푸른 힘줄 온통
살아 오르게 하는

3

클라우드 요법

금요일 밤이 지루하다면
이미 당신은 아프거나 늙었다는 의미
값싸고 풍성한 구름이불을 덮어봐
거품 솜틀 속에서라면 시계바늘쯤이야 거꾸로도 돌 걸
요요현상이 되풀이된다면 권태가 이미 시작되었다는 뜻
구름빵 놀이로 미리 다이어트 식단을 만들어두면
한 주일치 감량은 문제없을 거야
수요일의 구름 속은 위험해
네 타이핑에 가속도가 더해진다면
기가바이트의 방들은 좌회전방향으로 부풀어오를 거야

추락과 누수가 예고도 없다는 게 구름의 장점이지만
폴더의 방들은 색색의 섹션으로 나누어 주어야 해
목요일의 명함을 문패로 달아줘도 괜찮아
주말엔 이미테이션과 하이퍼링크를 조합하여
미래를 컨설팅해보면 어때?
구름 결혼시키기 놀이라고 키득거리면 재미날 거야
구름의 정치색과 배경음악을 합체한다면?

구름에 수염과 가발을 덧붙인다면?
알록달록 스펀지 밥 같은 꿈들을 가불하다 보면
구름의 용량은 쑥쑥 쭉쭉 늘어날 거야

그래도 사방이 꽉꽉 막힌 벽 속이라면
구름의 변비약을 복용해
막힌 속이 시원하게 뚫려 주룩주룩 쏟아져 내릴 걸
불면증과 우울증 사이의,
생의 참혹과 허무 사이의 세포벽들이
우당탕탕 무너져 내려 세상이 허방허방 둥둥,
구름은 연신 변신중이어서 미치도록 어여쁠 걸

악처론

과천 갈현동 비탈 언덕 천여 평 주말 농장
조각밭들 중에서
내 밭 푸성귀가 제일 생생하다
꽃상추 이파리의 프릴 가장 화사하고
시금치 밑동의 혈색도 발갛게 제일로 곱다
농약을 뿌리냐구?
아침저녁 살펴가며 벌레 잡고 물주는 게 일이냐고?
천만의 말씀! 미안하지만 땡!
그냥 주말마다 가서
듬뿍 듬뿍 뜯어내고 솎아낼 뿐이다
이파리를 열매를 뿌리를, 살과 피를 정신을 사랑을
더 필요하다 더 내놓을 건 없냐 아직도 배가 고프다
사정없이 졸라대며 치근대며 상처내며
다 내주고 앙가슴만 남을 때까지 강탈이다
진이 흐르는 상처와 헌데만 징표처럼 남겨두는 것이다
내가 낸 상처를 치유하며 그는 내 생각만 할 것이다
내가 덜어낸 잎과 열매, 피와 살을 다시 되채우며
온몸 마음 푸르게 차오르는 것이다

내 사랑, 또다시 풍성해지는 것이다

자화상

눈썹을 찡그린 채 당신을 바라보았더니
찡그린 눈자위가 내게로 되돌아온다
망설임의 광대뼈가 꽈리처럼 부풀어오른다
벌어진 입술이 흐린 거울을 가로지른다

캄캄히 커진 눈으로 욕망의 입을 바라보는 사이
늘어진 볼살이 목 언저리로 흘러내린다
빗금 가득한 에칭 스타일의 실루엣이
23.5도로 기울어진 그림자로 빨려든다

빛들의 역습이다
멀리 가 닿았다 되돌아온 빛의 얼굴,
빛들이 시시각각 전방위적으로 나를 조준한다
굴절되거나 반사되거나 스며들어
만 가지 그림자를 꽃피운다

100년 전부터 시달리던 헛구역질이다
나는 내가

너무 오래된 경험이다
엔딩도 없이 또다시 프롤로그다

꾹꾹, 쑥쑥 염송

산다는 것은
꾹꾹 누르는 악력이 늘어나는 일이다

울고 싶어도 꾹꾹 참기
화내고 소리치고 싶어도 꾹꾹 입다물기
너에게 한달음에 달려가고 싶어도
꾹꾹 엉덩이 붙이고 있기
구름이며 바람이며 담벼락에 말하고 싶어도
꾹꾹 눌러 밥 떠먹기

이렇게 저렇게 꾹꾹 눌러도 도저히 안 될 때는
이마와 양 팔꿈치, 양 무릎을 바닥에 꾹꾹 눌러 붙여
깊이깊이 오체투지로 절하기
사천왕의 발바닥 기운이라도 빌려
툭하면 힘 들어가는 어깻죽지며 등짝 따위를
열 번, 백 번, 천 번, 꾹꾹 시원하게 눌러주기

땀이 흐르고 몇 방울의 눈물이 흐르고

외로움이나 그리움이나 끈적이는 욕심 같은 것도
마침내는 꾹꾹 눌려져서 노폐물로 흘러나온다
아주, 참 말개진 정신의 허리께가 쑥 펴진다
꾹꾹 누르다 보면 아주
쑥쑥

고봉밥

뇌 과학이란 한마디로 '일체유심조' 라는데,
뚜껑 열린 뇌 사진은 한 그릇 고봉밥 같다

곡곡 절절 사연 많은 굽이길 고샅길 돌아
모퉁이 작은 집
어머니가 아랫목에 묻어둔 내 몫의 밥 한 그릇
내 생일날, 내가 시험 보는 날
내가 집에 없어도 끼니때면 묻어두던 더운 밥
어머니가 비손하며 같이 떠놓던 바로 그 쌀밥 한 그릇

어머니 영영 흙내 밥내 나지 않는 곳으로 가신 뒤
그 밥심, 뒷심 다 떨어진 것 같아
내내 힘 빠지고 시도 없이 허기졌는데
알고 보니 어머니,
마지막 밥 한 그릇은 내 안에 밀어넣어 주셨다
그 밥그릇, 내 몸 제일 윗전에 계셔서
그 안에 밥의 길을 내고, 밥의 굽이와 고샅을 내고

뇌 과학이 일체유심조라는 화두를
아랫목의 둥근 달처럼 떠 있던
어머니의 흰밥 한 그릇으로 푼다

나는 다혈질이다

핏줄기가 내 몸 속을 200km의 속력으로 달린다는 것을 알고부터 내 대책 없는 다혈질을 이해하게 되었다 고개 끄떡여 인정하고, 다시는 구박하지 않게 되었다 우심방 지나 좌심실 거쳐 달려나간 붉은피톨 흰피톨 혈소판들이 아우토반에서 시험 질주하는 최신형 아우디 자동차보다 빠른 전력질주로 달리는 것이다 하루에 내 몸 속을 지구 둘레의 두 바퀴 반 거리만큼 쉼 없이 내달리는 피의 고단함을 알고부터 나의 울컥 성질도 다발성 신경질도 너를 향한 대책 없는 펄떡거림도 먹어주게 되었다 냉각수도 없이 달리고 또 달려낸 핏줄기의 안간힘인 것이다 나는 이제 세상을 향한 너를 향한 그 뜨거운 폭주를 사랑하게 되었다 더 열혈이 되도록 맹렬이 되도록 쉼 없이 펌프질 잘 해야겠다

카푸치노 심리학

내가 한 잔의 카푸치노에 집착하는 건 프로이트적으로 말하면 구강기의 오래된 분리 불안 증세 같은 것, 엄마의 젖이거나 품에서 일찍 거세됐던 검은 앙금을 끈적끈적 붙이고 다닌다는 것, 게슈탈트 심리학적으로 말하면 전경과 배경 사이의 욕망 곡선이 머그컵만한 소용돌이로 늘 한자리에서 맴돈다는 것, 당신은 휘핑크림보다 가볍게 떠오르는 거품 알갱이 사이로 달뜬 입술 밀어넣고 싶겠지만 두어 마디 감미로움 밑은 캄캄한 바닥이라는 것, 넘치는 거품만큼 물기는 빠져 있어 언제나 목 깊은 갈증이 예정되어 있다는 것, 쩝쩝거리는 내 구순기와 질척거리는 당신의 항문기가 맞닿아 있어 우리의 키스는 늘 시작도 하기 전에 꾸역꾸역 역순의 시간부터 게워 내야 한다는 것!

잡화엄경 雜華嚴經

화엄경의 본래 이름이 잡화엄경이란다
불법佛法이 불법인 것은 법이 아니어서란다

안산공단 옆 학교로 전근 인사갔더니 반 아이들을 만
나기도 전에 주홍글씨 깊이 새겨진 아이들 명렬표가 먼
저 기다리고 있다 전체 학습부진아 2명, 다문화 학생 2
명, ADHD 치료 대상자 2명, 문제아 1명, 지적장애아 1
명, 수학 부진아 2명……

비고 난에 제 십수 년의 이력을 무겁게 끌고 와 부려
져 있다 이명화, 전기섭, 박요셉, 김보람, 유승민, 지준
수, 조진하 등의 이름들이 부진과 산만, 소외와 반목 등
과 낯설게 결합되어 있었다 시적이지 않은 낯설게 하기
는 슬픈 관념이다

절룩이는 슬픔의 관절염을 개그콘서트식으로 다시 펴
주기로 한다 와글와글 정신없이 피는 중구난방 꽃이 두
어 송이쯤~(예뻐!) 바람결도 낯설어 고개 갸웃거리는 오

리무중의 꽃들이~ (오, 새롭게 예뻐!) 문장이나 수식의
미로찾기에서 잠잠 술래꽃이 되는 꽃들은 무더기 무더
기로~ (키 높이가 맞아서 예뻐!)

　화엄이 장엄한 것은 잡화만발雜花滿發
　달라도 틀리지 않는 아름다움 때문이고
　불법佛法이 불법인 것은 법 아닌 법法만한 큰 법이
　다시 없기 때문이다

따뜻한 무덤

길고 혹은 짧은 하루의 마침표를 3분 명상으로 찍는다
내 명상법은 3분간 열심히 죽는 것이다 쉬지 않고 죽이
는 것이다 있는 척, 좋은 척, 잘난 척, 끌어안는 척, 웃는
척, 예쁜 척, 안녕한 척, 행복한 척, 하루치의 척들을, 아
니 적들을 쉬지 않고 죽인다 고향마을, 집 앞 미나리꽝
에 쌓였던 눈빛을 잊은 내가 죽고, 300원짜리 삼중당 문
고판 책을 언제라도 끼고 살던 소녀를 버린 내가 죽고
적립식펀드 통장과 재개발 아파트 분양권 딱지를 신주
처럼 모시고 벌벌 떨며 사는 내가 가까스로 죽고, 축 사
망! 상쾌하게 죽어 넘어진 시체들을 베고 덥고 따뜻한
무덤 속에 들어간다 새 아침, 세 벌 누에처럼 뽀송뽀송
새 살 오른 사람이 둥근 무덤을 가르고 솟아오를 것이다

금강 고스톱

이른 저녁을 해먹고도 뻔한 연속극을 보고도 남은 겨
울밤에 남편과 둘이 앉아 고스톱을 친다 8장 깔고 8장
쥐고 5, 7, 9, 점당 천 원쯤으로 패를 돌린다 남편이 툭하
면 해대는 청홍초단이나 광 몇 개로는 나지 않는다 연신
목단과 국화꽃을 번갈아 피우고 사꾸라 꽃밭에 매조도
울게 한다 비 오는 달밤에 돈 안 되는 손님도 들이고 단
풍나무 싸리나무를 울 삼아 휘휘 둘러 심기도 한다 무슨
여자가 간이 이렇게 커? 툭하면 불러대는 '고' '고' 소
리에 남편은 끌끌 혀를 차지만, 이 판에서 펼쳐볼 것을
다 펼쳐보고 넘겨볼 것 다 넘겨보고 웃고 찡그릴 것은
다 해보는 것이 크게 따는 것이라는 나름 계산속이다 반
넘어 돌린 패 같은 이승에서 내가 잠시 손에 쥔 반짝이
는 꽃밭, 가득 들인 손님, 화사한 울타리들. 화무십일홍
이요 일장춘몽이라지만, 부처님은 모든 것이 '몽환포영
夢幻泡影이며 여로여전如露如電'*이라지만 크게 무성하
고 크게 꿈꾸고 크게 깨져야 또 크게 각覺할 것이므로

* 금강경의 말미에 나오는 구절.

즐거운 라라 미용실

나의 고해성소는 라라 미용실이다 나의 헤어 디자이너
라라 선생님은
내 머리를 자르거나 매직 볼륨이나 디자인 펌을 한다
즐겁게 라라라 노래까지 흥얼거리며
두피마사지를 하고 펌 약을 바르고 롤을 감는다
머리끝에서 2~3센티 사이의 첫머리 부분은
한 사람이 떠난 후의 눈물을 먹고 자랐던 곳이다
중간 10~15센티 부근엔 낯선 여행지의 바람과 물소리
끝의 1~2센티 언저리엔
요즘 부쩍 달아오른 욕심과 집착에
갈라지고 까칠해진 곳이다
즐거운 라라 선생님은
갈라진 끝부분을 경쾌하게 잘라낸다
바람옹이 박힌 중간부분엔 물결 펌 무늬를 넣는다
뿌리까지 물러진
두피부분엔 다독다독 손가락 마사지를 한다
내 머리카락의 출렁이는 고해성사를 손으로 짚어내며
두어 시간 깊고 진한 세례를 내린다

욕망의 컬들이 순한 웨이브로 부드러워지고
옹색한 기억의 빛들은
와인과 브라운의 투톤으로 은은해졌다
남몰래 지은 죄들도 싹둑싹둑 잘려나가고
생이 다시 찰랑찰랑 말쑥해졌다

학이시습지學而時習之면

　팔순 넘은 아버지가 우리 집에 다니러 오시면 두꺼운 낱말공책부터 꺼내신다 나는 신종 잡어雜語 사전이 되어서 '시뮬레이션 상황' '이모티콘 유행' '아이돌 신드롬' '칸영화제' 'SNS 통신' '랩어카운트 가입' 등의 말들을 중언부언 설명하고 아버지는 시종일관 빨간펜으로 공책에 뜻 옮겨 쓰고 새기느라 진지하기가 이를 데 없다 편도 30리 통학길을 타박 걷는 소학교 학생이다가 삼촌 따라 현해탄을 건넌 동경유학생이다가 가세 기울어 편입학한 사범학교학생이다가 내내 학생들보다 조금 먼저 가는 학생이려고 눈 부릅떴던 필생의 학생 한 분, 현고학생顯考學生 될 날이 가까워도 끝내 이승의 학생 신분 버리지 못하고 총기 흐린 자식 학생學生을 선생삼아 무거운 눈 자꾸 비벼 뜨는

어머니는 아직도 생산生産 중이시다

봄이 되면 무덤도 생산生産을 한다 안산IC 오른켠 공동묘지의 둥근 무덤들, 연방 순산順産 중이다 진달래, 개목련, 산철쭉, 물양지꽃, 새아기꽃, 몇 무더기씩 쑥쑥 뽑아낸다 어머니 젖무덤에 푸른 물이 오른다 어머니 엉덩짝은 탐스럽게 부풀어오른다 젖무덤 엉덩짝 사이사이로 고개 내민 새아기들 얼굴빛 웃음빛이 연방 터질 듯하다 내 살 발라먹고 무럭무럭 자라라 내 피 살라먹고 뜨겁게 자라라 어머니 마음이 젖빛 아지랑이로 몽실몽실 피어오른다 외삼촌들 동경 유학 가고 무학無學으로 헌 집에 남겨진 어머니, 동란 중 배불러 혼자 집에 남았다 한쪽 눈을 실명한 어머니, 그래도 젖무덤과 엉덩짝은 실해서 열 손가락이 꽉 차도록 생산하고 순산한 어머니, 생산 주기가 다가오면 남몰래 몸을 열어 천지강산에 봄을 쑥쑥 낳아대는 어머니!

반쪽의 힘, 반쪽의 슬픔

팔꿈치 뼈에 금이 가 한 팔에 깁스를 하고부터
내가 나를 위로할 수 없게 되었다
당연한 일을 당연히 할 수 없게 되고서야
나는 '반쪽' 의 힘으로 산다는 걸 알게 되었다

로션 병이나 참기름 병뚜껑을 맞잡아 여는 것
손바닥에 점액성의 화장품을 덜어 양손으로
가만가만 두드리는 것, 가슴을 여미어
브래지어 길이를 조절하고 두 개의 고리를 걸어
아직 남은 부끄러움을 반듯이 가리는 것
책장을 넘기며 쏟아진 옆머리를
귀 뒤로 쓸어 올리는 것

'복숭아벌레,
몇 마리 먹을 때가 제일 징그러운 줄 알아?'
'한 마리? 두 마리? 열 마리? 아니 반 마리!'
'어떤 슬픔이 젤 뼈아픈 줄 알아?'
'한 가지 슬픔? 두 가지 슬픔? 열 가지 슬픔?

아니, 반쯤 베어 먹다 남은 슬픔!

　스스로 위로도 안 되는 반쪽의 슬픔
　상처를 쓸어 덮는 흰 붕대감기도 더불어 같이 할 수
없는

그늘을 키운다

늦은 오후에 산길을 오르는 사람은
숲 그늘에 제 그늘을 가리고 싶은 사람이다

맨얼굴에 닿는 알전구빛 눈길에 부대껴
제 머리카락으로 그늘을 만든 적이 있는 사람

모르는 사람만 가득한 장소를 택해
도서관에서 지하철에서 김 뿌연 공중목욕탕에서
낯선 편안한 사람들,
그 바람막이 그늘에서 비로소
큰 숨을 쉬거나 고개 주억거리며 책을 읽고
천천히 식은 음식을 먹는 사람

제 그림자를 제 발등 위로 길게 늘이는 사람,
평면으로 구겨지거나 점으로 스며들고 싶은 사람이다

노래의 끝자락이 눈물에 가 닿아
자장자장 여며지듯

마침내 한 그루의 그림자로 남을 사람,
마지막인 처음의 시간 속으로 깊이 삼투되는 사람이다

당신에 관한 보고서

　물 71% 탄소 18% 질소 4% 칼슘 2% 나트륨 염소 각 0.5% 아주 약간의 마그네슘 아연 망간 구리 요오드 코발트 알루미늄 몰리브덴 바륨 티탄 주석 붕소, 신이 당신을 빚는 데 쓴 물질은 대략 이와 같다 피조물인 것을 용납하기 싫은 당신은 스스로를 개조 개량하기에 불철주야 노력한 바, 은근한 양의 알코올 함량과 노골적인 양의 니코틴, 적재할 수 있는 한 많은 양의 납빛 스트레스, 숙변처럼 단단해져 가는 자만심과 아집 몇 덩어리, 거기다가 약간량의 눈치와 수치심, 미량의 유머감각까지 채우고 나니 당신은 원만구족 두루뭉술해졌다 자세히 보면 제일 후미지고 구석진 곳에 소량의 슬픔과 그리움을 희귀 원소처럼 몇 알갱이 가지고 있다 당신의 0.01%의 슬픔과 그리움에 온 생애를 100% 걸고 있는 나는 누구인가.

동병상련

　　아이가 과학숙제로 동물카드를 만든다 잡지책 그림책
에서 개 거미 청둥오리 상어 그림을 오려 마분지에 붙이
고 사는 곳 특징 등을 알록달록 색 펜으로 적어 넣는다
잠잠히 제 일에 열중하다가 상어카드를 만들며 쯧쯧 혀
를 찬다 "상어가 불쌍해"('왜' 하고 묻지도 않는데) "죽
을 때까지 잠도 못 자고 쉬지도 못하고 계속 헤엄만 쳐
야 해"(이번엔 얼른 '왜' 라고 묻는다) "부레가 없기 때
문에 헤엄을 치지 않으면 잠시도 떠 있을 수가 없대"(하
릴없이 묵묵부답) 숨 돌릴 겨를이 아무에게나 있는 것이
아니다 모아놓고 야금야금 즐길 여유가 누구에게나 주
어지는 게 아니다 실금간 발바닥이나 삐걱이는 어깻죽
지를 염주처럼 돌리고 또 돌려야 살아남는 것이다 고해
苦海, 아프게 건너가는 것이다

가계도

연말정산을 하려고 제적등본을 뗀다
아버지가 내 의료보험으로 옮기셨기 때문이다
제적, 제적, 제적, 제적…
몇몇 번의 제적생들을 배출한 넉 장의 가계도엔
이젠 팔순의 아버지 혼자 남았다 아니다
버석거리는 아버지의 사막도 같이 남았다
모래밥이 풍성한 아버지의 사막 속으로
마른 시래기처럼 파리한 식구들 비척대며 걸어가다
그예 네모난 소인 하나로 남았다
줄줄이 한 줄에 꿰어졌던 식솔들이
제적, 제적, 제적, 제적 예고도 없이
네모난 어퍼컷 한 방씩 먹이고 사보타지를 놓을 때에도
아버지는 마른기침 소리만 드높였을 뿐
꿋꿋이 사막을 지켜냈다
마른 시간들만 먹고 살아도
요요한 사막의 장미 아데니움처럼,
내 얼굴에 오래 남았던 마른버짐처럼
아버지의 마른기침 소리는 홀로 성성하다

오랜 가계도 속 아버지의 사막에서 다시, 스물 그때처럼
파랗게 살길 물길 찾고 싶은 것인가
결사적으로 목이 마르다

나는 귀족의 족보를 가졌다

동사무소 갔다가 도장이 없어 지장 하나 찍어주고 보니
내 손가락마다 나무 한 그루씩 키우고 있었다
빽빽한 우듬지에 소용돌이치는 잎사귀들까지
상처난 가지에 삐죽 걸쳐진 곁 덩굴까지
지문 나무들, 아직 둥근 나이테를 생성중이다

한 번씩 내게서 물 냄새가 나는 이유를 알았다
쿨렁쿨렁 계절이 쌓이는 소리가
몸 안에서 들리는 이유도 알았다
마음이 아프거나 몸이 아프면 어쩔 줄 모르게
숲으로 댕겨지던 슬픈 핏줄의 내력도 이제야 알았다

하얀 공책이나 원고지를 이유 없이 편애한 까닭
발등만 찍는
책 상자들을 오래 끌어안고 전셋집을 전전하는 까닭
세상의 길들을
새의 저자길이나 사람의 저자길로 양분하는 까닭
툭하면 눈물짓는 당신을

물관이 발달됐다고 생각한 까닭

알고 보니 나는 귀족의 족보를 가졌다
바람결이나 물무늬가 새겨진 문장이다
노블레스 오블리주, 그늘 그윽하게 드리울 일이다

더덕, 더덕!

어머니, 명절 맞아 모여든 아들 딸 며느리 손자들에게
한 광주리 조선더덕 풀어놓으신다 올해도 더덕무침, 더
덕구이 하시나 보다 작고 못생긴 야생 더덕 한아름 부려
놓으며 "농약 없이 큰 산더덕이다. 손톱으로 돌려서들
까거라" 텔레비전은 건성으로 켜놓고 더덕더덕 모여 앉
아 못생긴 산더덕 깐다 손톱 밑에 지문 사이에 까맣게
진이 묻어 온통 더덕더덕 끈끈하다 흙 묻고 진 묻은 더
덕이 뽀얀 살갗을 드러내는 동안 조카와 삼촌, 올케와
시누이, 시어머니와 며느리가 주거니 받거니 이야기의,
웃음의, 관계의 끈을 더덕더덕 붙여가고 있다 어머니의
더덕무침, 더덕구이는 해마다 맛이 더 깊어진다 끈끈해
진다 더덕, 더덕!

연기법緣起法

몇며칠 아무도 못 만나고 빈 집에서 서성이며
수돗물을 틀어 찻물을 받을 때
늦은 해거름 등불을 켤 때
식은 찌개를 데우려 가스 불을 올릴 때
찰랑찰랑 차 있다 왈칵 쏟아지는 것들,
고맙고 안쓰럽다
저도 목까지 꽉 차 있었구나

내가 외롭다는 것은
외로움이라는 친구가 찰랑찰랑 곁에 있었다는 것이다
내가 슬프다는 것은
목젖까지 설움 왈칵거리는 것들이
전력으로 내게 매달려 있었다는 것이다

세상에 혼자인 슬픔은 없어
하늘 아래 새로운 외로움은 없어
네가 나의 중심을 둥글게 따라 돌며
등꽃처럼 환하게 피어나고 있었던 거다

허드레꽃

허름한 초봄의 산자락에 진달래 지천이다
신데렐라를 닮은 꽃
콩쥐와 심청이를 더 많이 닮은 꽃
휘고 야윈 마른 가지에 주변 이파리 한 장 없이,
변변한 꽃받침 하나 제대로 못 갖추고 핀 진달래!
그 돌연한 분홍빛은 매력도 고혹도 넘어 도발이었다
꽃이 예뻐서가 아니었다
꽃잎이 풍성하고 농염해서도 아니었다
허름한 산과 가난한 나무가 꽃을 한껏 살린 것이다
때묻은 얼굴에 박혀 있는 떨리는 젖은 눈동자!
낡은 입성 사이로 보이는 부신 속살!
생각도 못한 돌연한 아름다움에
그만 왕자님도 원님도 속수무책이었던 것이다
꼼짝할 사이도 없이 일생의 화두話頭에 걸려 버린 것이다
새봄이 오는 한
진달래빛 신화는 계속될 것이다

4

감렬하다

시간으로 따지면 개와 늑대의 시간 언저리다
노곤한 단맛으로 풀리다가 뜨겁고 묵직하게 치받는 맛
너무 환하지도 너무 깜깜하지도 않은 짜르르한 술맛
가라사대, 감렬甘烈한 맛!

목숨처럼 간절한 순간이 있다
주술보다 모호한 향이 있다
차마 지나칠 수 없어서 움켜잡는 입구가 있다
〈신가요록〉〈수운잡방〉〈고사촬요〉〈주찬〉*
오글오글한 문자향이 누룩빛 길 쪽으로 자욱하다

찌고 식히고 말리고 담그고… 이윽고… 거르고
'이윽고'의 시간들이 글썽글썽 씨방처럼 부풀어오른다
눈물이 발효되는 과정과 비슷하다
품은 한 사람이 한 생으로 전도될 때쯤에라야
마음의 내력은 푹푹 삭아서 서늘하게 끓어오른다

정월 술은 신맛, 꽃철 봄술은 단맛이 피어오르는데

삼킬 수도 뱉을 수도 없는
돌아가지도 나아가지도 못하는 개와 늑대의 시간!
생의 진퇴양난이 서로 밀고 밀리며 속끓여낸 맛
감렬하다!

＊ 전통 술 빚는 방법이 나와 있는 고서(古書).

심심 여여如如한 그 맛

소금을 더 쳐도 돼
후추나 설탕을 더 쳐도 돼
아일랜드 드레싱이나 월계수 잎 가루를 듬뿍 얹어도 돼

심심한 무미無味,

서성이는 네 마음을 고요히 내 눈썹에 걸어두는 것이
맛 중의 맛인 건 알아?
눈이 제일 먼저 맛을 느끼는 것을 알아?
염화시중으로 슬쩍 건너오는 네 눈빛, 그 사랑 맛,
제일 먼저 알아채는
살짝 내려뜨는 눈썹 그늘 알아?

눈으로 녹여 먹고 코로 킁킁 말아 먹고
조물조물 뼈째 비벼 먹고 장단 맞춘 숨결로
너를 통째로 집어삼키는 식신

먹고 먹다가 먹으니 먹었으며 먹으려는 찰나,

문득 숟갈 내려놓을 새도 없이
내내 허전한 손가락이나 눈초리 끝에 들려주는

심심 여여如如한 그 맛!
알아?

사경 寫經

함양 현각사에서 금박 물려 사방 벽 가득 써내려간
묘법연화경을 본다

금줄 치듯 마음에 선을 긋고 한사코 밀어낸 눈물이
겹겹자자 자욱이 물결 인다
차마 호명하지도 못한 슬픔을
비로소 또박또박 불러낸다

삼킨 울음이 바다로 출렁인다
팔만대장경, 팔만 번의 울음 강이다
가까스로 제 몸에서 떼어낸 슬픔을
처음으로 바라보는 글썽임이다

오리온자리의 말머리성운 근처 100광년쯤 가서
한번 뒤돌아보자는 문자다
암흑운하 켄타우루스 A좌까지 1400광년쯤 가서
다시 한 번 스치자는 메일 한 통이다
백조자리 초신성 펠리컨 성운 쪽 2000광년 부근에서

슬픔의 뼈대만 남아 있어도
서로 단박 엉기자는 SNS 화인이다

입 봉하고 귀 닫은 시간들이
빛의 바다로 달려가 환하게 몸 부리고 있다

오방색

색을 말하는데 문득 입안에 침이 고이네
맛을 논하는데 색색 환한 컬러바,
사방으로 빛살이 튀네

물벼룩처럼 내장의 욕망이 투명하게 다 비친다면
내 안에도 색색의 꽃이 피어나 나날이 사랑스러울 거야
녹색 간잎에서 매실빛 수액이 흘러내리고
짙은 칸나빛이 권태로워 심장은 도리질을 시작하지
새큰한 폐 기맥 가지 위에
도라지빛 잔기침 두어 점 피어나고
검은콩빛 깊은 물살이 묵직이 흘러 하류에도
진창 꽃은 필 거야

내 혓바닥은 노란색 편견만 편애해
내 만성 위염은 투명 소주빛만 끌어들여
내 구절양장 길게 뒤틀어진 물길들은
빨강 파랑 검정 욕지기들을 꿀떡꿀떡 삼키며
목·화·토·금·수,

반 시계 방향으로 엉긴 스텝을 밟아대

색을 말하는데 쿨렁쿨렁 엄마 젖 냄새가 나
맛을 논하는데
사괘 팔괘의 태극문양들이 꾸역꾸역 거꾸로 쏟아져

비는 지금 묵음기도 중

투명한 소리를 부른다
하늘과 땅을 맨몸으로 두드리는 오랜 기척을 부른다
젖은 음표의 이음줄을 따라 들어설 듯한
낯익은 음성을
파초처럼 커진 귀가 내내 서성이며 기다린다

레인스틱은
사막 선인장의 굵은 가지를 공명통으로 쓴다
나무 선인장 몸통을 말리고 비워
조개 부스러기와 사막모래를 쓸어넣듯
소리의 마른 지문으로
둥근 음표의 기억을 불러들인다
선인장 몸통 안으로 돋아난 촘촘한 가시들이
통통거리는 스타카토 방점들을
레가토 주법으로 길게 늘여놓는다

오래 가물어 제 몸통을 하얗게 비워본 것들만
큰물 소리를 품을 수 있는 법, 마른 가슴이라야

소리의 기억을 되돌이표로 자욱하게 피워내는 법
오래 목말랐던 소리통이라야
외로운 이의
쩍쩍 마른 가슴에 스며들어 마침내 울린다

먼 빗소리는 울림통을 건너는 사이, 캄캄한 투명이거나
마침내 출렁이는 득음이다
젖은 입술이 가만히 쓸어안는 묵음기도다

환한 슬픔의 숲

아파트도 한자리에 오래 자리잡다 보니
나무가 되어가나 보다
오래도록 바람에 가슴 뜯기며 살다 보니
뿌리가 생겼나 보다
요즘 들어 부쩍 창만 열면 새소리가 바쁘다
새들이 드디어 아파트에 나무처럼 깃들기 시작했다
아침이면 앞 베란다 창에서
오후 설거지 무렵이면 부엌 창 쪽에서
낮고 높은, 강하고 여린 주파수를 보내온다
그러고 보니
네가 오랜 여행을 떠나고 혼자 남겨진 뒤부터다
오래 남겨진 아파트
오래 남겨진 공터 오래 남겨진 가슴 한편
새들은
꼼짝없이 한자리에 서서
슬픔의 뿌리만 내리는 것들에 제 둥치를 얹는다
지상엔 환한 슬픔의 숲이 하나 더 느는 것이다

바디 블루스*

오래 울고 나서 고개를 드니
비로소 하늘이 파르란 제 자리에 높이 있네

더 한참을 울고 나서 발밑을 보니
내가 내려앉은 허방에도 따뜻한 바닥이 있네

내 눈물이 내 발끝을 적셔
조금씩 고요해진 이 자리

아무도 그립지 않고 아무도 미웁지 않고
누구나
눈썹 위의 무지개처럼 부시게 아득해진 자리

사람의 웃음이나 목소리 대신 오래 전에 걷힌 빛살만
그리운 결처럼 흐린 망막에 닿는 자리

병이 골수에 깊어
적멸보다 아늑해지네

* 한 자리에 오래 있어 운동이나 햇살 등이 부족할 때 오는 우울
  중의 일종.

문학 구급상자

낯선 방에서 외로움 병 깊이 앓는 것 두려워
혼자 길 떠나기 두려우시다구요?
만능 문학 구급상자와 함께라면 어떠세요
어린 날 꿈이었던
곽에 든 과자 선물세트 같은 것 말이에요.
우선 색색깔 달콤새콤한 드로프스처럼
발랄엽기적인 K시인과 H시인의 시집을
두어 권 넣어주세요
먼 아득한 신작로 길에 지칠 때,
비좁은 열차칸에서 입안 텁텁할 때
산뜻한 단맛을 선사할 거예요
진한 맛의 비스킷이나 크래커처럼 사랑과 궤변으로
맛깔나게 풀어낸
Y와 M의 소설 한두 권씩도 꼭 넣어주세요.
한 끼분 대화나 수다용은 될 거예요
늦은 밤 낯선 곳에서의 갑작스런 존재의 허기는
예측불허의 재난처럼 깊고 우울하니까요
초콜릿이나 양갱 땅콩캐러멜의 진한 맛 같은

말라르메, 바슐라르, 요슈타인 가이드는 어떤가요?
오랜 여행
피로에서 오는 저혈당증 등에 특히 유효할 거예요.
생기발랄 비타민도 되었다가 비상 에너지 바도 되었다
달콤한 우수의 추잉껌도 되는
문학 구급상자 한 세트
밤마다 스웨덴제 투명 나침반만 만지고 있는 당신께
퀵서비스로 바로 보내드리지요

왼편이 불안하다

계단에서 굴러 왼팔이 골절된 적이 있다
책상에 부딪혀 허벅지는 시퍼렇게 멍들어 있고
평생 반 짝짝이로 나는 왼쪽 검지 손톱을 가지고 있다

늘 왼편이 위험하다
오래 젖어 있거나 갈라져 있고 부어오르거나 움푹 팼다
왼편의 젖가슴이 왼편의 심장이 왼편의 사랑이
상습적으로 흔들리거나 금이 가 있다

왼쪽으로만 눈이 돌아간 광어에겐 왼편이
제가 짚고 일어설 바닥이다
왼편의 멍자국과 흉터, 수시로 금이 가는 뼈들은
오랜 대속이다
부단히 넘어지거나 쏠리는 좌편향 자세로
한 생의 환난과 모멸을 건너간다

왼쪽이 피터지거나 멍들면서 쏠리거나 갈라지면서
좌심방의 어혈은 옥도정기 빛으로 야금야금 풀어졌을

거다
　사구체의 상처는 가만히 말랑해진 거다

　사느라, 살고 싶어, 살아내려고
　왼편은 참 끝없이 흔들리거나 불안하다

콩, 날아오르다

우리나라 콩이 아프칸에 심어졌단다
콩 1톤을 심으면 한 철 만에 40톤이 되어서
아프칸의 밥이 되었단다

콩이 높이 날아올랐다
장전한 총알처럼 하늘을 가로질렀다
재크의 콩나무처럼 쑥쑥 자라 세상의 저편에 가 닿았다
쉼 없는 콩닥거림의 힘이다

노란 메주콩, 녹두, 동부, 팥, 완두콩
너댓 가지 국산 콩들이 순식간에 뻗어나가 가지를 친다
팥시루떡, 녹두지짐이, 완두콩밥, 간장, 순두부
콩밭 매는 아낙네와 녹두장군 울고 가는 밭둑길과
윤기나는 콩빛으로 반짝일 검은 아이들과

'콩' '콩' 입안에서 둥글게 굴려보면
콩꽃처럼 오므린 입술 사이로
둥근 두근거림이 달려 나간다

나에게서 너에게로
또 우리에게로 온통 콩 콩 뛰어다닌다
세상도 깊이 콩닥거린다
참 환한 햇빛 정책이다

끈 이야기

빨강 파랑 두 색 끈으로 맺음법을 배웁니다 네모지게 각지게 재빨리 상처를 고정시키는 법, 한 끈이 다른 끈을 감아 돌아 헐거운 틈을 메우는 법, 각각 서로에게 기대는 것을, 묶고 묶이는 것을 허락하여 키가 두 배로 늘어나는 법, 비로소 엮이고 휘감기고 묶여서 풍성해진 끈들이 강물처럼 흐릅니다 내가 이승에서 맺은 끈들도 부대끼며 흔들리며 흘러갑니다 굵게 마디져 있거나 낡고 닳아 헐거워졌거나 눈물에 적셔서 눅눅해져 있습니다 출렁이는 인연 너머로 부표처럼 흔들리는 당신을 봅니다 손끝 세워 고리 매듭 하나 묶습니다 눈물방울처럼 둥글게 다가가 꼼짝없이 당신 심장에 걸리는 필생 필사의 구급매듭이지요

sink or swim
둘 다 간신히 살아 나오거나
같이 물 아래로 잠길 것입니다

씨앗 한 줌 심어 보실래요?

초등학교 3학년 교실 안, 반 아이들이랑 청진기 실험 놀이를 한다 유리 깔때기에 투명 랩을 씌우고 대롱엔 고무호스를 끼운다 간이 청진기를 제 가슴에도 대보고 짝꿍의 가슴에도 대보다가 쿵쿵 울리는 소리에 신이 난 아이들은 소리사냥에 나선다 컴퓨터 스피커 녹음기 스피커 울리는 오르간의 소리통에도 청진기를 갖다댄다 노래 소리, 동영상 해설 소리, 오르간 소리들은 움찔움찔 깔때기를 싼 랩을 울리고 고무관을 울리고 고무관을 쥐고 있는 아이들의 손끝을 울리고 아이들의 귓바퀴와 귀청을 울리고, 아이들의 웃음보를 건드려 울렸다 아이들의 웃음소리가 교실 안의 공기방울을 울리고 공기방울들이 가닥가닥 현을 드리우고 있는 햇살 천 갈래 만 갈래를 울리고, 울리고 또 울리다가 그만 불룩해진 소리주머니가 팡 터졌다 지금 벌벌 떠는 동지 추위에도 웃음 씨앗 희망 씨앗들이 천지간에 또 한 움큼 뿌려졌다

소셜 커머스 공동구매

'잘' 깎은 줄 알았는데
'잘' 깎였습니다
사과가, 배가, 복숭아가……

'잘' 먹은 줄 알았는데
'잘' 먹혔습니다
애인이, 남편이, 아내가……

당신의 사랑은
얼룩무늬 섹시한 바코드로 보내주세요
당신의 관심은
3초 후면 되돌아오는 응답 시스템으로 날려주세요
터치! 터치! 터치!
당신의 오르가슴은 스티브 잡스식으로
촉촉한 화면에서 끝내주세요

'잘' 남긴 줄 알았는데
'잘' 남겨졌습니다

표정이
컷속이
빈 대차대조표가……

오후의 희망가요

알고 보니 매번 내가 나를 낳았다
세 살의 내가 일곱 살의 나를 낳고
열 살의 내가
열일곱의 나를, 스물아홉 서른넷의 나를 낳았다
트로트의 내가 록과 발라드인 나를 낳았다
바삭한 힙합의 내가 흐느끼는 R&B인 나를 낳았다
구성지게 흐느끼며 낳았다
진저리치며 경쾌하게 낳았다
사랑밖에 모르는 내가 동백아가씨인 엄마를 낳고
백마강 건너가는 아버지를 낳고
삼각지 돌아가는 생면부지의 당신을 낳았다
내 날숨이 네 들숨에 가 닿아 둥글게 되돌아오듯
오오, 크로스오버!

100년 전 당신이 타전한 모스 부호가
이제야 오랜 해독을 마치듯
내가 당신인 나를 낳았다
그리운 떠나간 당신이

끈적끈적 한자리에서 뭉개고 있는 나를
할 수 없이 끙끙 낳았다
음표처럼 둥근 생의 인드라망 속에서

물방울, 빛

비온 뒤 모락산 산길 옆, 하얀 국수나무 꽃잎에
물방울 두어 개 맺혔다
이번 생이 무척이나 마음에 드는 표정으로
연신 볼록렌즈 바깥으로 말간 시선을 들이댄다

있으라 하니 문득 세상에 빛이 있었다
권태로운 평면을 일으켜 세우는 건
빛인 슬픔이거나 슬픔인 빛뿐이다

비린 슬픔 번들거리는 슬픔 희미한 슬픔 찰나적 슬픔
캄캄한 슬픔 쏟아지는 슬픔 쌓이는 슬픔 출렁이는 슬픔
돌고 도는 슬픔 눈 뜬 슬픔 눈 감는 슬픔 꽝꽝 얼어붙은
슬픔 흐물흐물 녹아내리는 슬픔 하얗게 증발하는 슬픔
소금빛 결정으로 굳어지는 슬픔 내내 킬킬거리는 슬
픔……

어느 빛깔의 슬픔도 다음 각도의 슬픔을 기억하지 않
아서 유전遺傳이라 할 수는 없다

어느 물방울도 옆에 맺힌 물방울을 기약하지 않아서
유전流轉이라 말할 순 없다

둥근 궁륭의 볼록 창으로 찰나의 슬픔이 관통하는
순간
빛의 뿌리가 경계를 넘어 환하게 뻗어간다

물, 중독

물도 일종의 마취제다
물이 뿜어내는 호르몬 바소프레신은
에스프레소 커피향보다 진해서
중독의 기운은 도처에 만연하다

뜨거운 탕 속으로 내 몸을 밀어넣는 일이나
헛헛한 속으로 뜨거운 탕을 밀어넣는 것이나
안과 밖을 물의 환한 기운에 몸 맡기는 일이다
뭉친 것들 풀어 녹이고 싶다는 물세례 욕구다

내 몸 안으로 구절양장,
세상에서 제일 긴 물길이 휘돌고
60조 개의 세포는 겹겹이 파문 번지는
둥근 샘 문양이라서
물 냄새에 댕기는 후각은 도취보다는 슬픔이다
내 물길은 생래적 젖줄부터 예정된 연명구조 시스템,
사막의 지평선에 어른거리는 물결무늬 목마름이어서

떨기나무처럼
내 눈물로 내 발등을 적서내는 법을 알고서야
세상의 수맥자리를 띄엄띄엄 짚어내게 되었다
늘 PH값이 궤양성으로 산도酸度 높던 오랜 장강에
담담한 알칼리수의 물무늬도 차렵차렵 두르게 되었다

뒤편의 향기

하루치 일을 마치고 집으로 돌아올 땐
아파트 뒤편 공터 쪽으로 길을 잡는다

아파트 건물과 쥐똥나무 울타리 사이의 숨겨진 공터
그곳엔
색색으로 가꾼 꽃은 없다
인사 깍듯한 경비 아저씨도 없다
광고문 청첩장 공과금 독촉장들, 와글거리는 우편함도
없다
뒤편은 거짓말처럼
그저 잠잠하다, 그저 서늘하다, 그저 한적하다

아니다
피로한 마음을 슬리퍼처럼 질질 끌고 들어가 보면
보도블록 사이사이로
아기 솔이끼 어린 질경이 뽀족 민들레
빈틈없이 빼곡히 고개 내미는 발돋움 소란이 한창이다

응달 쪽 나무들의 연푸른 그늘자리엔
소소한 바람의 하루치 수다가 유쾌하다
새소리 샤워는 기본이다

뒤편이 풍성한 사람을 알고 싶다
야금야금, 그에게로 가는 길 하나 내고 싶다

전문가

나는 죽음 전문이다
나는 죽음을 만지고 흠향하고 느끼며, 죽음을 먹고 산다
하루에 내 손을 거쳐 가는 죽음만 해도
몇몇 개, 많게는 몇십 개일 때도 있다
내 뼈, 내 세포 곳곳에 죽음의 DNA가 새겨져 있어
죽음을 다루고 갈무리하는 기술이 호흡처럼 편안하다

꽃게류는 기질이 사나워 제 살을 다 끌고 가므로
재빨리 삶아서 죽음을 처리해야 한다
제 껍질에 대한 집착이 살 떨리게 강한 전복류는
급속냉동으로 처리해
집과 살을 냉정하게 분리하는 게 좋다
질긴 섬유질 따로
잎사귀의 무른 물기 따로인 무청 등은
데치는 것 따로 말리는 것 따로 천천히 처리해야 한다

건조 염장 분말 밀폐 냉동 발효 등의 방법으로
물기 많은 감상을 제거하는 건

죽음에 대한 필요조건이지만
땅에 파묻기, 불에 훈김 씌우기 등의 형식도 부여해
죽음에 대한 충분조건도 만족시켜 주어야 모양도 좋다

뭐니 뭐니 해도 전문가로서 죽음에 대한 최고의 예의는
온전히 잘 보내주는 것이다
다리 한 짝, 이파리 한 개, 살점 하나 흘리지 않고
부패시켜 살 들어내지 않고, 맛과 향 감하지 않고
아작아작
아주 잘 먹어서 되보내 주는 일이다

다시는 돌아오지 않게
깨끗하게 저편으로 이동시켜 주는 일이다

상선약수와 천삼라지만상에 길을 내고

박　제　천

1

　좋은 시집은 시집에 수록된 작품들을 편편이 읽는 재미도 쏠쏠하지만 시집 전권을 관통하는 주제가 명쾌해야만 오래도록 음미하면서 마음에 새겨두게 된다. 안차애 시인은 2002년 부산일보 신춘문예에 「사냥감을 찾아서」로 당선하면서 활달한 상상력과 신선하기 그지없는 야생의 목소리로 시단의 주목을 한 몸에 받은 바 있다. 잇달아 엮어낸 첫 시집 『불꽃나무 한 그루』는 신진시인답지 않게 사물의 본질을 정확하게 짚어내는 눈매와 거리낌 없이 펼쳐지는 입담으로 영글어낸 매력적인 상상력의 열매들이 너무나 탐스러워 시인의 진경이 어디까지 뻗어나갈지 자못 기대를 했었다.

　"어떤 경계에 속박되지 않은 채 그 경계를 자유롭게 훌훌 넘나들어 창공에 떠 있는 독수리가 사냥감을 정확히 포착하듯… 영혼용 투명 광속기 운전면허증을 지닌

채 현대의 구석구석을 찾아다니면서 현대를 '관통' 하고, 생의 단면을 거침없이 횡단하고 싶어 한다(고명철)"는 평을 받을 정도였다. 하지만 그 뒤 시인은 한동안 침묵 상태에 빠져들었다. 아마도 이 무렵이 거의 공황에 빠질 정도의 극심한 트라우마에 시인이 시달렸던 시기였으리라.

시인은 근년에 이르러 다시 활발한 활동을 재개했다. 시인이 새롭게 보여준 편편의 작품들은 대체로 초기작품의 눈매며 입담이며 입성이어서 읽기가 수월했지만 그 사유의 깊이가 넉넉해지고 대상을 장악하는 장력도 훨씬 억세졌다는 느낌을 받았기에 그런 자그만한 변화들이 어떻게 새로운 시세계를 구축할지 적잖이 궁금했었다. 그리고 이번에 운 좋게도 시집의 전권을 미리 읽어보면서 안차애 시인의 새로운 시세계에 흠뻑 빠져들게 되었다. 노자老子식으로 종합하자면 "모든 것을 이롭게 하면서도 다투지 않으며 항상 낮은 데로 임하는 물의 덕처럼" 상선약수上善若水의 마음가짐도 훌륭하지만 상상력의 수원지에 물꼬를 트고, 그 물길을 끌어오고 흘러가게 만드는 운용이 능소능대하기 그지없었다.

안차애 시인의 이번 시집을 아우르는 주제는 한마디로 말해 '길' 이라 할 수 있다. 시인은 우선 첫 번째 시집의 '인위적인 경계' 를 뛰어넘는다. 시인에게 더 이상 경계는 의미를 갖지 않는다. 시인이 길을 내는 것은 마음이다. 그에게 걸어가, 그와 함께 다시 길을 만든다. 길을 짓는 것이다. '세상의 경계' 따위는 시인의 길을 막지 못한다. 누군가 걸어가면 길이 되듯이 시인은 자연이며 사람에게 걸어간다. 시인이 만들어나가는 길이다. 시인이 곧 길이기에 길은 다시 길을 만들어나간다.

시인의 두 번째 시집은 그 길이 뻗어나간 기록이자 길의 내용이다. 길의 깊이이자 넓이이다. 이 때문에 시인의 새 시집은 특별한 재미를 듬뿍 맛보게 만든다. 편편이 읽어나가는 입담이 가락에 맞추어 구성지게 마음에 휘감기는 재미도 각별하지만 입담마다 덩굴져 펼쳐진 처연한 삶의 상처를 신명나게 풀어내고 씻어내는 춤사위며 발림에 취하다가 한마당 씻김굿을 치른 듯 가슴의 응어리가 뻥 뚫린다. 이런 신비체험에 거듭 빠져들다 보면 시인의 공력이 이렇듯 대단한 것인가 절로 감탄하게 된다.

따라서 시인의 길은 기약 없이 떠돌아다니는 나그네 길이 아니다. 한곳에 자리 잡고 마음 내키는 대로 산천에 길을 내고, 마음에 길을 짓다가 되돌아오는 나들이 길이다. 사물과 함께 즐기는 일이자 자연에게 배워나가는 삶이다. 여기저기 둘러보는 시인의 발걸음이 가벼워서 즐겁고, 시인이 보고 듣고 느끼는 정감이 그윽해서 보고 듣고 느끼는 배움도 알차지만, 시인과 함께 자연의 펼쳐짐을 완상하고 깊이를 들여다보는 아름다움의 공유가 꿈만 같다. 낯익은 것들을 다시 보는 반가움과 낯선 것들과 부딪치는 설렘은 마치 싱그럽기 그지없는 산소를 가슴 깊이 들이마시듯 신선하다. 시인의 마음이 흡사 풍경처럼 만유와 감응하는 소리를 헤아려 듣다가 다시 시인과 함께 제자리로 돌아오기 때문이다. 시인의 발길 따라 바람소리며 꽃이 피는 소리며 나뭇잎이 돋아나는 소리에 맞추어 마음의 소리, 몸의 소리들이 어울려 빚어내는 화음, 이때의 화음이야말로 장자莊子가 자연에 빗대어 말하는 인뢰이자 지뢰이고, 그 모두를 아우르는 천뢰, 곧 마음의 소리라 할 수 있다. 시인이 물 흐르듯 구사하는 입담이 인뢰라면, 시인이 상처와 질곡을 벼리로 삼아 그물질하는 삶의 유정함은 지뢰가 되고, 홀로 그윽이 앉아 좌망에 들듯 세상의 모든 소리를 제자리에 풀어주고 놓아주고 돌려주는 마음자리는 천뢰가 된다.

2

시인이 가는 길은 어떤 길인가. 시인은 왜 그 길을 가는가. 시인은 그에 대해 한마디도 말하지 않지만 그가 가는 곳에는 저절로 길이 생겨난다. 바슐라르의 말처럼 "사람살이의 일체가 길이기" 때문인가. "길이 길을 짓"기에 현상학적으로는 "한 굽이가 다른 굽이를 휘감아 돌고/ 한 모퉁이가 다른 모퉁이를 공글러가며 내는 길"
이다. 감각적으로는 "산자락이 연옥색 바다를 안감으로
끌어넣거나/ 출렁 바다가 미륵산 그림자를/ 이중문양으
로 수놓기도 하는 길"이기도 하지만 사람으로 치면 "길
들의 도련은 굽 돌 즈음에 늘 젖어 있"는 길이다. "촘촘
한 눈물빛 여백으로 길 한 벌, 짓는다/ 몇 생을 오가며
지어낸 육필원고인지/ 박음질 자국마다 오랜 침향이"라
고 생각한다. 시의 대상도 그러할 수 있겠지만 그보다는
시인이 더욱 그러하기 때문이다. 시인이 시를 쓴다면
"몇 생을 오가며" "침향"이 되는 "육필원고"를 짓고자
하기 때문이다.

　　　통영시 산양읍 신전리 1426번지라고
　　　내비게이션에 치고 토지문학관 가는 길

　　　어눌한 속도로 길이 길을 짓는다
　　　성긴 땀으로 길이 길을 낸다

　　　한 굽이가 다른 굽이를 휘감아 돌고
　　　한 모퉁이가 다른 모퉁이를 공글러가며 내는 길

　　　산자락이 연옥색 바다를 안감으로 끌어넣거나
　　　출렁 바다가 미륵산 그림자를

이중문양으로 수놓기도 하는 길
길들의 도련은 굽 돌 즈음에 늘 젖어 있다

어둡게 젖은 산굽이에선
멀미처럼 비린내가 피어오른다 피 냄새 짙어질수록
까치독사빛 줄글이 꼿꼿이 고개를 들고
생의 배후에서부터 사설 긴 감침질을 시작한다
땀 진 발끝은 반드시 피 밴 다음 자국을 끌고 오고

촘촘한 눈물빛 여백으로 길 한 벌, 짓는다
몇 생을 오가며 지어낸 육필원고인지
박음질 자국마다 오랜 침향이다
―「길 한 벌 짓다」 전문

그 때문인가, 안차애 시인의 시집에서 길을 읽으며 나
는 자주 "분명히 열반涅槃은 있고 열반으로 가는 길도 있
고 또 그 길을 교섭하는 나도 있건만 사람들 가운데는
바로 열반에 이르는 이도 있고 못 이르는 이도 있다. 그
것은 나로서도 어떻게 할 도리가 없"기에 "다만 길을 가
리킬 뿐인" 팔만대장경의 한 구절을 되뇌게 된다.

팔월의 백담사에 들러 스님들 공부행랑 문수방 툇마루
에 누우니 오리무중 얽혀 있던 내 앞의 길들도 순하게 몸

부려 내 곁에 눕는다 구름이 작게 흐느끼며 동과 서로 비
껴가는 길, 여름개울물이 하화중생하러 떠나는 장도의 길,
푸른 나뭇잎 한 점 사선으로 떨어뜨리며 바람이 내는 역설
의 길, 내 안에서 수백 년은 넘게 휘몰아치다 이제야 잠시
몸 부리는 메마른 그리움의 길, 길, 길들, 길은 길에 연하
여 끝없으므로* 우리는 다시 만나지 못할 것이다 아니다
재와 기름 사이, 푸른 산 빛과 우레 사이, 회자會者와 정리
定離 사이, 묵은 당신과 새 그대 사이를 돌고 또 돌아 남은
눈물, 남은 한숨 다 비워내고 나면 그때 우리 세상 너머의
새 빛으로 환하게 손 마주 잡을 것이다 내가 나를, 네가 너
를 온전히 버린 무념의 길, 그 끝에서

* 프루스트의「가지 않은 길」중에서 인용.

─「세상의 길들 너머에 네가 있다」전문

그도 아니라면 시인이 길을 가는 것은 "세상의 길들
너머에 네가 있"기 때문인가. 시인의 말은 쉼 없이 이어
진다. 동작으로 치면 연속동작이다. 태권도의 '품새' 처
럼 한 치의 빈틈도 없이 펼쳐지는 연속동작이다. 안차애
시인의 시는 말로 이어지는 연속동작이다. 자연스럽게
새 말들이 이어져 나가면서 상상력의 장력을 풀었다가
감아쥐고, 감았다가는 다시 풀어준다. 연줄로 연을 부려
하늘로 마음껏 헤엄쳐 가게 만드는 연놀이와 같다. 긴장
을 놓지 않는다. 유수처럼 끝없이 이어지되 하고 싶은

말을 마음대로 끼워 넣는 말솜씨에 탄복하지 않을 수 없다. 그야말로 감칠맛 나게 말을 운용하면서 너스레 속에 마음을 놓다보면 어느새 휘감겨드는 말의 비의에 잠기게 된다.

「세상의 길들 너머에 네가 있다」 역시 "팔월의 백담사에 들러 스님들 공부행랑 문수방 툇마루에 누"워 지나온 길들 더듬다가 "회자와 정리 사이"에 독자를 밀어 넣는다, 이때의 '너'는 도대체 누구란 말인가. "묵은 당신과 새 그대"를 아우르는 이 절묘한 단어는 마침내 "네가 너를 온전히 버린 무념의 길" 니르바나의 길을 보여준다. 그것이 곧 "여름 개울물이 하화중생하러 떠나는" 길이고, "내 안에서 수백 년은 넘게 휘몰아치다 이제야 잠시 몸 부리는 메마른 그리움의 길"이기에 프루스트의 가지 않은 길에도 길을 내면서 걸어간다. 성불한 스님의 길이 아니라 살과 피를 가진 시인의 길이기에 가능한 것이다. 그 때문에 시인은 마음속으로 거듭 다짐을 한다. "우리는 다시 만나지 못할 것"이라고. 처음부터 만날 수 없었기에 "문수방 툇마루"를 찾아와 눕듯이 시인의 길은 "남은 한숨 다 비워낼 때까지" 연하여 끝이 없는 길이다. "푸른 산빛과 우레 사이"에 몸을 숨긴 채 "내가 나를" 비우고 있는 시인의 모습은 그야말로 면벽중인 달마나 꽃을 보며 웃는 가섭과 다를 바 없지만, 깨우치면 부처가 되는 큰스님들과 달리 시인의 깨우침은 그 면벽

을, 그 웃음의 실타래를 하염없이 풀어내서 새 입성을
만들어야 하는 숙명을 오히려 즐겨야만 한다.

프랑스 생장에서 스페인 산티아고까지
800킬로 순례 길은 버려야 사는 길이다
마음의 짐이든 몸의 짐이든 버려야
어깨 패이지 않고 발톱 빠지지 않고
눈물에 탈수되지 않고, 마침내 걸어내는 길이다

한 이틀 걷고는 소설책 한 권과 안내책자를 버렸다
또 며칠 걷고는
소주 팩과 고추장 튜브를 다 먹어치웠다
반도 못 가 물 로션과 샴푸를 버렸다
여자와 향내를 버리고 나니
흰 길의 한숨소리나 새벽별의 기침소리가 간간 들렸다

배낭에 끝까지 남아 있었던 건
수건 두 개, 속옷 두 벌, 여벌 옷 한 벌과 침낭
물파스와 바셀린, 칫솔치약 세트였다 그리고
6포인트로 줄여 양면 출력한 시 한 묶음이 들어 있었다

냄새나고 구질구질한 시 300편,
내내 버리고 싶었지만 끝내 버리지 못했다

땀에 절고 햇살에 바래고 불면과 피로에 찌든 채
배낭 한 구석에 구겨져 징징거리고 있었다
생필품이었다

안차애 시인에게 '길'은 생필품이다. "냄새나고 구질구질한 시 300편"이 곧 시인의 길이다. 길의 내력이다. 이 작품에 나오는 '산티아고 순례길'은 이제 우리들에게도 익숙한 길이다. 한 해에 20만 명이 걷는 길. 그 길에 서는 한국인만도 2천 명을 넘을 때가 많단다. 이 때문에 이 길의 공식 언어인 영어, 스페인어, 불어에 이어 한국어도 들어 있다는 농담이 나올 정도라 한다. 프랑스의 국경도시에서 시작되어 스페인 북부를 가로질러 북서쪽 끝 갈리시아 지방의 '산티아고 데 콤포스텔라'의 대성당으로 이어지는 800여 킬로미터의 중세적 순례길. 하루 수십 킬로에 이르는 노정이 한 달 넘게 이어진다. 종교적인 이유에서 시작해, 천 년 남짓한 세월이 흘렀다.

시인은 말한다. 그 길을 걸으며 "버려야 사는 길"이라고. "마음의 짐이든 몸의 짐이든 버려야" 하기에 "여자와 향내"까지 버리니, "휜 길의 한숨소리나 새벽별의 기침소리가 간간 들렸다"고 한다. 그러나 "시 300편"은 버리지 못했기에 "징징거리고 있었다" 한다. 그것이 곧 삶의 길을 걸으면서 간간이 들을 수 있었던 "휜 길의 한숨

소리나 새벽별의 기침소리"였기 때문이다. 세상의 길, 시인의 길, 상처의 길, 깨우침의 길이 모든 길의 다른 이름, 다른 장소이기 때문이었다. 이 때문에 시인은 오로지 걸어야만 한다. 그것이 곧 시의 길이다. 눈치 빠른 독자들은 이미 짐작했겠지만 그것이 곧 시인이 "한 생의 진창"을 빠져나가는 길이다.

3

안차애 시인이 빠져나가고자 하는 "한 생의 진창"은 무엇인가. 시를 읽는 재미의 하나는 '행간을 읽는 재미'라 할 것이다. 이것은 소설에서는 읽을 수 없는 재미일 것이다. 시인이 말하지 않는 말을 행간에서 읽을 수 있기 때문이다. 안차애 시인의 새 시집에는 얼핏 보기에 '길'의 코드와 무관한 작품 두 편이 실려 있다. 시집을 한 편의 작품이라 친다면, 내가 보기에 이 두 작품이 첫 시집과 두 번째 시집의 간극을 메워주는 행간일 것이다.

아파트도 한자리에 오래 자리잡다 보니
나무가 되어가나 보다
오래도록 바람에 가슴 뜯기며 살다 보니
뿌리가 생겼나 보다

요즘 들어 부쩍 창만 열면 새소리가 바쁘다

새들이 드디어 아파트에 나무처럼 깃들기 시작했다

아침이면 앞 베란다 창에서

오후 설거지 무렵이면 부엌 창 쪽에서

낮고 높은, 강하고 여린 주파수를 보내온다

그러고 보니

네가 오랜 여행을 떠나고 혼자 남겨진 뒤부터다

오래 남겨진 아파트

오래 남겨진 공터 오래 남겨진 가슴 한편

새들은

꼼짝없이 한자리에 서서

슬픔의 뿌리만 내리는 것들에 제 둥치를 얹는다

지상엔 환한 슬픔의 숲이 하나 더 느는 것이다

──「환한 슬픔의 숲」 전문

한 생의 진창 없이 저런 빛이 몸에 밸 리 없다

혼이 빠져나갔던 격절 없이 저런 무심태가 날 리 없다

취기 막 빠져나간 여운으로 피워 올린 궁남지 연꽃,

지어낸 얼굴빛이 아니다 외로움마저 놓아버린 얼굴

색기色氣마저 지워버린 몸짓이 흘림이다

진흙밭에 질금질금 처박힌 밤,

소주에 질척질척 절었던 생,
취기가 끓을 때마다 무덤 하나씩 토해놓는다

심청이의 무덤이었던 연꽃
꽃들의 취기였던 진창
끌탕 빛은 끝내 아득해서 고요보다 멀다

나고 죽고, 죽고 나도
무심천 건너고 삼십삼천 오르내리기 몇 무량 겁
눈 뜰 때마다 낯선 이승이다
앉은자리가 온통 점액성 화두다

취기 또 깜빡 벗어나며
한 무덤이 말갛게 피어나고 있다
막 성불중이다

―「주정뱅이 꽃」 전문

「환한 슬픔의 숲」은 작시법의 모범답안처럼 단정하면서도 시인이 하고 싶은 말을 담담하게 전달하는 작품이지만, 두 번째 「주정뱅이 꽃」은 쉽게 내용이 드러나지 않는 특이한 작품이다.
「환한 슬픔의 숲」은 "아파트도 한자리에 오래 자리잡다 보니／ 나무가 되어가나 보다" 처럼 도입부부터 아파트에 사는 사람들이 쉽게 공감할 수 있도록 예증을 배합하며 전달과 설득, 공감을 불러일으키는 작품이다. 이 작품에서 사적인 부분은 "네가 오랜 여행을 떠나고 혼자 남겨진 뒤부터다/ 오래 남겨진 아파트/ 오래 남겨진 공터 오래 남겨진 가슴 한편"처럼 혼자 집에 있는 사람의 마음을 무심히 표현한 구절처럼 읽어질 수 있지만, 동시에 그 때문에 아파트가 나무로 전이되는 동기부가 되기도 하는 의미심장한 구절이다. 그러나 더 이상의 사적 감정이 배어나지 않은 이 작품과 「주정뱅이 꽃」을 겹쳐 읽을 경우엔 또 다른 감정의 주파수가 진동하는 것을 느끼게 된다.

　우선 시인이 특이하게 명명한 「주정뱅이 꽃」을 보자. 시인은 도입부부터 긴장을 불러일으킨다. "한 생의 진창 없이 저런 빛이 몸에 밸 리 없다/ 혼이 빠져나갔던 격절 없이 저런 무심태가 날 리 없다" 몸에 밴 저런 빛이 표기할 수 없는 빛이라면, "저런 무심태"의 무심태란 무엇인가. 시인의 질문은 계속되지만 답이 있을 리 없다. 무심태는 의학용어로는 쌍둥이 태 중에서 이미 죽은 아이의 태를 가리킨다고 하지만 이 시에서는 무심무아 상태를 가리키는 불교적 용어거나 장자 제물론에 나오는 남곽자기의 좌망을 가리킨다고 보는 것이 더 맞을 것 같다. 사실 이 작품은 시인의 여느 시와 다른 시다. 시의 내용을 읽기가 상당히 어려운 작품이다. 쉽게 보면 부여

궁남지의 연꽃이지만, 시인이 그 연꽃을 주정뱅이 꽃으로 명명하는 순간, "외로움마저 놓아버린 얼굴/ 색기色氣마저 지워버린 몸짓이" 오히려 "홀림"이 되는 꽃이다. "진흙밭에 질금질금 처박힌 밤/ 소주에 질척질척 절었던 생"이었기에 "취기가 끓을 때마다 무덤 하나씩 토해놓는" 꽃이다. 시인의 "취기"는 무엇인가. 시인은 그 말의 내용을 감춘다. 그것은 말로 표현할 수 없는 상처이기에, 차라리 취생몽생처럼 술에 취해 꿈에 취해 잊어버리고 싶은 것이기에 "심청이의 무덤이었던 연꽃/ 꽃들의 취기였던 진창/ 끌탕 빛은 끝내 아득해서 고요보다 멀다"고 밖에 할 수 없다. 남곽자기가 좌망에서 인뢰와 지뢰와 천뢰를 말하듯 시인 역시 무심태를 겪고서야 삶과 죽음 또한 그 누구도 의미를 지어주는 것이 아니라 다만 그러하게 제자리인 것을 깨우친다. 아마도 시인은 누구도 이 작품의 속내를 읽을 수 없기를 바랐을 것이다. 나 역시 이렇듯 사람들이 뜻을 풀이할 수 없는 비사체로 시를 써본 적이 있다.

이 작품은 시인이 개인의 상처를 벗어나서 자연이든 사람이든 길을 내어 길의 경계를 뛰어넘는 어떤 증표일 것이다. "눈뜰 때마다 낯선 이승"을 만난 시인이 동시에 "낯선 이승"에서 "취기를" 벗어나며 "성불중인" 무덤을 보았기 때문이다. 다시 말해 「주정뱅이 꽃」이 시인이 한때 몸담은 감정의 나락이라면 그 과정을 치유하는 단계

로서 「환한 슬픔의 숲」을 거쳐서 '길'로 나아갈 수 있었
다 할 것이다.

4

　안차애 시인의 입담은 특징적이다. 안차애 작시법의
기본이라 할 정도로 애용되는 방법론이다. 얼핏 듣기엔
장황스러운 면도 없지 않지만, 내게는 그 입담에서 묘한
친근감이 느껴진다. 들으면 들을수록 익숙해진다. 어디
서 들었더라, 생각해 보니 오래 전에 읽었던 국역대장경
이 떠올랐다. 고등학생 시절 동국대 역경원에서 나온 대
장경 국역본을 한 권 두 권 사들여 읽다본즉 그 문장들
이 하도 유장해서 소리내어 읽기에 딱 좋았다. 그래서
한밤이면 당음을 소리내어 읽던 옛 선비들처럼 가락을
붙여 읽으니 읽을수록 신명이 났던 기억이다. 누가 이렇
게 유려한 번역을 하는가 궁금해 책을 살펴보다가 역경
윤문위원으로 명기된 서정주, 조지훈, 김달진, 이원섭
등 당대의 기라성 같은 시인들 이름을 보며 참으로 황홀
해 하던 기억이다. 말이 말로 이어지되 문맥이 갈래질
때면 하염없이 되풀이되면서 새 문맥을 일으키며 이어
져 나가는 부처님 말씀, 팔만대장경의 화법이 그것이다.

그 동안 안차애 시인이 발표했던 여러 시편들을 읽으
면서 짬짬이 시인과 불교, 시인의 아픔과 치유에 관해
떠올리던 단상들이 어느덧 여러 경들과 연결되어 내 안
에 자리 잡았나보다. 예컨대 안차애 시인의 시「고봉밥」
을 읽다가 도입부의 "뇌 과학이란 한마디로 '일체유심
조' 라는데, 뚜껑 열린 뇌 사진은 한 그릇 고봉밥 같다"
는 구절에 눈길이 꽂히는 식으로 시인의 시편들이 갖고
있는 행간이 어느덧 내 안에 차곡차곡 쌓여 이룬 적층이
라 할 것이다.

「고봉밥」에서는 처음 '뇌 과학' 이란 용어가 낯설었
다. 습관처럼 인터넷 검색에 '뇌 과학' 을 올렸더니, 뇌
과학에 관한 기사들이 줄줄이 나타났다. 그 중에서 한국
과학기술한림원 종신교수 신희섭 씨의「불교와 뇌 과
학」이란 논설이 흥미를 끌었다. 뇌 과학 연구를 하다가
반야심경을 통해 "불교 자체가 뇌 과학이 추구하는 바
와 동일한 주제, 즉 마음을 대상으로 하고 있음을 알게
되었다"는 신 교수의 글은 마치「고봉밥」을 위해 씌어
진 뇌 과학의 이론적 배경과 같았다.

신 교수는 반야심경에 나오는 '오온五蘊' 에 대해 "뇌
에 정보가 생성되는 경로로서의 '색성향미촉법色聲香味
觸法' 과 이 정보로 인하여 나타나는 뇌의 반응으로서의
'수상행식受想行識' 이 그 두 가지이다. 따라서 6가지 감
각 정보 각각에 따라서, 오온五蘊이 형성된다. 예를 들

면, 색色의 정보에 의하여 '색수상행식色受想行識'이 형
성되는 식이다. 즉 육입六入과 오온은 뇌 기능의 매트릭
스(matrix)를 구성하는 세로-가로의 요소이다."는 식으
로 해석한다. 신 교수는 매실을 예로 들면서 "매실을 생
애 처음 입에 넣고 씹어 먹으면 새콤달콤한 맛을 느끼고
입안에 침이 돌게 된다. 그 다음에는 매실을 보기만 해
도 입에 침이 돈다. 더 나아가서, 매실을 머리에 떠올리
는 것만으로도 입에 침이 돌게 된다. 즉 매실을 씹을 때
의 자극 정보[香, 味, 觸]가 매실을 보거나[色] 매실을 상상
하는[法] 것만으로도 뇌에 생성된 것이다. 그리고 어떠한
방식으로 생성되었건 간에 이 정보에 대하여 뇌는 비슷
한 반응을 보인 것이다." 하고 설명한다.

여기서 '매실'을 '고봉밥'으로 바꾸어 보자. 시인의
뇌에 생성되었던 "어머니가 아랫목에 묻어둔 내 몫의
밥 한 그릇"에 대한 자극정보가 "뚜껑 열린 뇌 사진"에
서 연상되고, 그 연상은 어머니가 "내 안에 밀어넣어 주
신" "마지막 밥그릇"이 되어 "내 몸 제일 윗전에 계"시
기에 그 안에 "뇌"처럼 "밥의 길을 내고, 밥의 굽이와 고
샅을 내"는 것으로 형상화되는 것이다. 다시 말해 시인
의 「고봉밥」은 반야심경의 오온을 미학적으로 형상화한
것이고 신 교수의 글은 「고봉밥」에 관한 최적의 과학적
배경이 된다. 그리고 우리와 같은 독자는 「고봉밥」을 통
해 다시 한 번 우리 삶의 최고의 상징인 어머니를 온몸

으로 느끼게 되고, 나아가 삶의 철리에 대해서 오래도록
명상해 볼 수도 있을 것이다.

뇌 과학이란 한마디로 '일체유심조' 라는데,
뚜껑 열린 뇌 사진은 한 그릇 고봉밥 같다

곡곡 절절 사연 많은 굽이길 고샅길 돌아
모퉁이 작은 집
어머니가 아랫목에 묻어둔 내 몫의 밥 한 그릇
내 생일날, 내가 시험 보는 날
내가 집에 없어도 끼니때면 묻어두던 더운 밥
어머니가 비손하며 같이 떠놓던 바로 그 쌀밥 한 그릇

어머니 영영 흙내 밥내 나지 않는 곳으로 가신 뒤
그 밥심, 뒷심 다 떨어진 것 같아
내내 힘 빠지고 시도 없이 허기졌는데
알고 보니 어머니,
마지막 밥 한 그릇은 내 안에 밀어넣어 주셨다
그 밥그릇, 내 몸 제일 윗전에 계셔서
그 안에 밥의 길을 내고, 밥의 굽이와 고샅을 내고

뇌 과학이 일체유심조라는 화두를
아랫목의 둥근 달처럼 떠 있던

어머니의 흰밥 한 그릇으로 푼다
　　　　　—「고봉밥」 전문

「고봉밥」에서 문득 뇌 과학, 반야심경식으로 범위를
넓혀 보았지만, 이 작품은 그러한 배경과 무관하게 시인
의 정서를 미학적으로 형상화한 기법만으로도 뛰어난
작품이다. "어머니 영영 흙내 밥내 나지 않는 곳으로 가
신 뒤"의 어머니에 대한 그리움을 "고봉밥"으로 전이시
켜 "아랫목의 둥근 달"로 마무리짓는 내공이라니! 이 구
절에서 필자는 정말로 입이 딱 벌어질 정도였다. 아마도
우리 시에 오래도록 남을 만한 기법일 것이다.

　결론하자면 안차애 시인의 두 번째 시집은 시인이 경
계가 없는 하늘에서 「사냥감을 찾아서」 땅으로 내려와
심은 『불꽃나무 한 그루』를 훌쩍 넘어서며 만들어낸 길
이다. 그 길은 세상의 경계와는 아무런 상관이 없고, 이
미 정해진 노선도 형태도 없다. 내고자 하면 자연에게나
사람에게나 길을 내고, 짓고자 하면 시로 마음으로 길을
짓는다. 그리고 그 길들에 대한 모든 정보를 한 권의 시
집에 담았다.

　시집으로 분한 내비게이션이 시키는 대로 가볍게 걷
다보면 시인이 왜 산천에 길을 내었는지 어째서 마음으
로 길을 지었는지 공감하게 된다. 함께 둘러보면 자연의
펼쳐짐을 완상하고 깊이를 들여다보며 공유하는 아름다

움이 꿈결처럼 뒤따른다. 낯익은 것들은 그대로 반갑고 낯선 것들은 그대로 설렌다. 반가움과 설렘을 크게 들이마시면 맑은 산소를 마신 것처럼 머리가 개운해지고 시인이 들려주는 길 안내는 꽃이 피는 소리, 나뭇잎이 돋아나는 소리와 다르지 않게 된다. 그 소리들을 헤아리며 시집을 덮으면 우리는 길을 잃지 않고 어느새 제자리에 와 있다는 걸 깨닫는다.

노자의 상선약수, 장자의 좌망과 인뢰, 지뢰, 천뢰 역시 어느덧 길을 내고 물길을 터서 자연을 이루듯 시인이 낸 길이 시인 혼자 걸어간 길이 아니라 누구라도 걸어갈, 처음부터 있었던 길이 되어버린 한 권의 시집이다. 독자 여러분도 이 길을 걸어가 보길 권한다. 천삼라지만상天森羅地萬象과 함께.

안차애 시인

2002년 부산일보 신춘문예 등단
대학과 대학원에서 국어교육을 전공함
문예진흥기금, 경기문화재단기금 등 수혜
시집『불꽃나무 한 그루』『치명적 그늘』등 발간
교육도서『시인되는 11가지 놀이』등 발간
E-mail: annie925@hanmail.net

치명적 그늘
안차애 시집

초판 1쇄 발행일 2013년 12월 12일
지은이 · 안차애
펴낸이 · 김종해
펴낸곳 · 문학세계사
주소 · 서울시 마포구 신수로 59-1(121-110)
대표전화 · 02-702-1800   팩시밀리 · 02-702-0084
이메일 · mail@msp21.co.kr
홈페이지 · www.msp21.co.kr(문학세계사)
www.seein.co.kr(계간 시인세계)
페이스북 · www.facebook.com/munsebooks
출판등록 · 제21-108호(1979.5.16)

값 8,000원
ISBN 978-89-7075-577-9   03810
ⓒ 안차애, 2013

* 이 책은 경기문화재단과 한국문화예술위원회의
창작지원금을 받아 출간되었습니다.